LE

CW00431715

DU MÊME AUTEUR

Dans Le Livre de Poche :

Collection dirigée par Michel Simonin

GUY DE MAUPASSANT

Les Sœurs Rondoli

PRÉFACE ET NOTES DE
PATRICK ET ROMAN WALD LASOWSKI

LE LIVRE DE POCHE
classique

Patrick Wald Lasowski a publié des essais sur la littérature et la sensibilité des XVIIIᵉ et XIXᵉ siècles, *Libertines* et *Syphilis*, notamment, parus dans la collection « Les Essais », chez Gallimard. Il a préfacé et commenté Maupassant pour Le Livre de Poche, publié des articles sur Stendhal, Flaubert, Huysmans, Klossowski...

Roman Wald Lasowski est l'auteur d'une thèse sur Crébillon fils et d'articles parus dans *Littérature* et *La Revue des Sciences Humaines* dont il a dirigé le numéro spécial sur André Gide.

Ensemble, ils ont présenté la première édition séparée des *Nouvelles en trois lignes* de Félix Fénéon aux éditions Macula, préfacé les *Romans autobiographiques* d'Octave Mirbeau dans la collection « Mille Pages » au Mercure de France, établi l'édition du *Chevalier Des Touches* de Barbey d'Aurevilly pour Le Livre de Poche. Ils ont écrit *Une journée dans la vie d'André Gide : Gide, 16 octobre 1908*, aux éditions Jean-Claude Lattès. Ils dirigent l'édition des « Érotiques et Libertins du XVIIIᵉ siècle » pour la Bibliothèque de la Pléiade.

© Librairie Générale Française, 1992, pour la Préface et les Notes.

PRÉFACE

Nous prîmes le *Rapide*
un jeudi soir, le 26 juin.

Les Sœurs Rondoli.

Une – puis deux – trois et quatre sœurs : c'est ainsi que
Louis XV accorde successivement ses faveurs à la comtesse
de Mailly, suivie de ses trois sœurs. C'est ainsi que Maupassant glisse du *Bien-Aimé* au *Bel-Ami* : «Et je compte,
un de ces jours, retourner voir l'Italie, tout en songeant,
avec une certaine inquiétude mêlée d'espoirs, que Mme Rondoli possède encore deux filles »... Pierre Jouvenet, pourtant,
l'amant favorisé des sœurs Rondoli, ne se présente pas
d'abord comme un séducteur ordonnant méthodiquement
ses plaisirs. Dans le train qui les emmène visiter l'Italie,
celui qui ne vit que pour les femmes, celui dont «tous les
actes ont les femmes pour mobile», c'est l'autre, Paul
Pavilly. Loin de Marly et des berges de la Seine, nos bons
apôtres, Pierre et Paul, ont échangé leurs attributs.

C'est que l'Italie commande, tout au long de la nouvelle,
une série de renversements. Tout est noir pour le début.
L'appréhension de partir, le «noir isolement dans les cités
lointaines», rongent le narrateur. Jusqu'à ce que le Midi,
le soleil et le cri des cigales, les forts parfums qui montent
des orangers ouverts fassent éclater la lumière. La nouvelle
s'échauffe. L'Italie efface tout. Les roses, les roses ont
envahi la page. La «boîte roulante» abandonne secousses,
douleurs et courbatures. Désormais le train va, glisse, d'un
mouvement continu, pénètre les tunnels, s'offre aux ondulations de la course – et libère encore, au terme de ses
noces méditerranéennes, une odeur d'algues sèches qui se

mêle « à la grande et troublante odeur des fleurs »... Voyage
de printemps, montée du désir, le *Rapide* a tenu ses promesses, avec ces arrêts qui rythment le parcours, augmentent
la pression, qui sont autant d'invitations, d'encouragements :
Valence !... Et le train, en effet, poursuit sa lancée, offrant
aux voyageurs ce qui comble l'attente, le mobile secret,
l'orient de tout déplacement : l'aventure de voyage. Sous
les traits de la belle, de l'énigmatique Francesca Rondoli.

Nos deux voyageurs, désormais, n'auront d'yeux que
pour elle. Paul aussitôt « allumé », qui dévore du regard la
bouche de la belle inconnue s'ouvrant aux friandises, qui
demeure en extase lorsqu'une luciole s'est posée sur son
front, désignant l'élue du ciel, portant à son point culmi-
nant l'impatience du désir : *star peggio delle luciole*,
n'est-ce pas, en italien, brûler de désir, *ardere d'amor* ?
Avec, cependant, cette ambiguïté, cette interrogation qui
court au long du récit (comme un frisson court sur la peau)
quant à la profession exacte de la demoiselle[1]. Cette jeune
beauté a trop de mauvais goût, s'offre trop brutalement à
suivre le narrateur. Cabotine ou danseuse, est-ce « une
grue », est-ce « un joli chameau », qui serre à ce point les
liens mystérieux de « l'amour bestial » ?... Qu'on lise simplement la triste *Promenade* que vient de publier Maupassant
dans *Gil Blas* (le 27 mai 1884), quelques jours avant la
publication des *Sœurs Rondoli* (du 29 mai au 5 juin, dans
L'Écho de Paris) : M. Leras, teneur de livres chez
MM. Labuze et Cie, qui se fournit en pain chez le boulanger
Lahure, se pend dans les branches avec ses bretelles. Adieu
rat, ragot, rapace ! La mythologie animale des *Sœurs Rondoli*
a beaucoup plus d'allure. Et s'il est vrai que la jeune femme
présente quelquefois la placidité morne et nonchalante du
ruminant, avec quel appétit, quelle voracité ses crocs
mordent les croissants croustillants, dévorent le poulet « à
grands coups de mâchoire », déchirent la peau plissée des
fruits. Mais toujours grognon, revêche, renfrognée : vraiment, c'est l'ourse mal léchée. Avec ces demoiselles, *Perle,
Fifi, Cocotte*, que connaît Maupassant, le texte la nomme
mademoiselle Mica. Qu'il faille ou non y entendre quelque
version méditerranéenne de *Miarka, la fille à l'ours* de

---

1. Ainsi, les *luciole* désignent aujourd'hui les prostituées en Italie.

Jean Richepin (1883), c'est dans les bras de « cette femelle hargneuse et superbe » que Pierre Jouvenet oublie tous les musées, tous les chefs-d'œuvre, toutes les villes d'Italie, se fixant à Gênes, pour son plus grand plaisir.

Flaubert lui-même y découvrait en 1845 la plus belle ville d'Italie, célébrant dans ses lettres, ses notes de voyage, les jardins et les palais de l'émouvante cité, semblable à « quelque royale courtisane des temps passés, l'épaule nue, la chevelure abondante relevée par un cordon d'or, accoudée sur le marbre et chaussée de riches sandales ». Qui lui réserve encore, au musée Balbi, la découverte d'un chef-d'œuvre, l'éblouissement de *La Tentation de saint Antoine* de Breughel qui ne cessera plus de le hanter. Tandis qu'au moment où Maupassant écrit sa nouvelle, au printemps de l'année 1884, Frédéric Nietzsche est installé dans la ville : il y recouvre la santé, compose *Le Gai Savoir*, profondément influencé par la lumière et le paysage urbain : « J'ai considéré cette ville, ses maisons de campagne et ses jardins de plaisir, les vastes environs de ses hauteurs » (fragment 291, trad. P. Klossowski)... Mais Maupassant ici ne nous dit rien de Gênes, dont il expédie la visite, qu'il réduit à l'enchevêtrement souterrain de quelques passages obscurs, traverses et corridors. Couvert de bracelets, de parures voyantes, le bel animal Rondoli accapare l'œil, empêche de voir autre chose. Étonnante présence, faite de charmes et de bouderies, de grommellements et de voracité, de mutisme et de manque de soin, dont le pouvoir extraordinaire de fascination sur le narrateur, dans la chambre d'hôtel, tient à l'indifférence, à l'impersonnalité froide de son abandon – tant est disponible, passive, sa Nudité : à tel point offerte qu'elle en paraît « impossédable »... Aussi Pierre Jouvenet ne garde-t-il de l'Italie que le souvenir de Francesca ; n'emporte-t-il à Paris que l'indication précieuse, inattendue, d'*une bonne maison*, la bonne et sainte adresse, où, de retour à Gênes, l'année suivante, au plus profond de la ville, il entraîne avec lui le lecteur : « rue Victor-Emmanuel – passage Falcone – traverse Saint-Raphaël, – maison de marchand de mobilier, au fond de la cour, le bâtiment de droite. » C'est là que siège, en effet, singulière *mamma italiana*, monstre discret au cœur du labyrinthe, « la Mère Rondoli ». De sorte que la sève violente qui

commande le voyage nous conduise à nouveau «des
ondulations des collines» à «cette ligne onduleuse qui se
creuse au flanc, se soulève à la hanche, puis descend la
pente légère et gracieuse de la jambe pour finir si coquettement au bout du pied» : du wagon de rencontre à la
chambre d'hôtel. Comme si Père et Mère Rondoli se par-
tageaient rigoureusement la tâche : le premier, employé de
chemin de fer (comme nous le rappelle le *che mi fa* per-
pétuel de Francesca), conduit le train au terminus, où tout
le monde descend, où Mme Rondoli gouverne ses filles,
là-bas, au fond de la cour, auprès du «marchand» qui
fournit le meuble nécessaire, l'objet capital : le lit.

Programmé dès le titre – qui évoque pour nous *La Ronde*
d'Arthur Schnitzler (*Reigen*, 1900), ses brèves étreintes,
l'entrelacs des partenaires au fil du désir –, le lit sert de
lien d'un conte à l'autre. Nombreuses sont les scènes de
genre qui, à la lumière d'une bougie, avec un lit et deux
ou trois personnages, composent le recueil. Et celui-ci peut
se lire, en effet, entre *La Cité de Paris* – où Francesca
prend «la pose charmante de la grande femme du Titien»
– et le *Couch-Mahal* qu'invente Maupassant, pour en faire,
avec ses petites pensionnaires offertes et dévouées, le palais
du plaisir, la résidence orientale du lieutenant La Vallée.
De la couche chaude de Mme Kergaran au lit d'infortune
où l'oncle Sosthène, le franc-maçon malade, se laisse
épingler par un jésuite, du lit de déshonneur vers lequel
les invités d'Anna clignent de l'œil au *lit de parade*, le
châlit, qui donne son titre au dernier conte, c'est à travers
lui que les nouvelles communiquent. Lieu d'angoisse et de
plaisir, sanctuaire des maisons bourgeoises, outil de travail,
signe familial, social, où le sujet se ressource ou se perd :
l'absence du lit elle-même, dans *Le Cas de Mme Luneau*,
témoigne de la sexualité la plus fruste, du plaisir expédié
sur-le-champ, tope-là, sans façon.

Du point de vue du conteur, le propre du lit est de nouer
et dénouer les relations entre les personnages. Si l'intimité
du «lit conjugal» marque la fin de l'amitié de Pierre et
de Blérot, c'est l'introduction de Lucien Delabarre à la
place du mari qui rend Blérot à nouveau disponible. Pour
fêter l'événement, les deux compagnons iront donc voir

les filles : ils auront alors complètement retrouvé, renoué, la camaraderie perdue. Voici encore les considérations sur le lit « sacré, respecté et vénéré par nous » ; l'apparition du « large lit à fleurs d'or » devenu catafalque dans la chambre de la princesse de Raynes ; mais par-dessus tout, le trouble que suscitent la vue d'un lit défait, l'empreinte d'un corps creusée dans les draps, jusqu'au tableau triomphal enfin, la vision glorieuse qui conclut, dans *Le Verrou*, les combats d'alcôve : « Le soleil couchant, rouge, magnifique, entrant tout entier par ma fenêtre grande ouverte, semblait nous regarder au bord de l'horizon, illuminait d'une lueur d'apothéose mon lit tumultueux, et, couchée dessus, une femme éperdue [...]. »

Le soleil, aux premières loges, contemple les draps embrasés, comme dans *Rencontre*, la glace à proximité de la couche adultère, complice : il y a chez Maupassant, au cœur des aventures galantes, la nécessaire ingérence d'une présence, d'un regard tiers. Et le petit André réveillé par les assauts du capitaine – « le lit craqua » – n'en dément pas le principe, acteur braillard et inconscient d'un scénario passablement usé : l'amour à trois. Mais à travers le cercle des auditeurs – le dispositif est constant chez Maupassant, instaurant une connivence immédiate, l'égalité des partenaires devant le désir, l'aventure –, c'est au lecteur surtout qu'il revient d'occuper la position du témoin, de partager la connivence : « J'ai eu, moi, une petite aventure d'amour, très singulière, voulez-vous que je vous la dise ? »... « C'était juste au moment de boire le champagne que devaient commencer les confidences au dîner du Célibat »... Force de persuasion du conte, son efficacité réside dans cette intimité aussitôt recréée : membre (le récit le suppose « actif ») de *la communauté des célibataires* adeptes de l'amour libre où se reconnaît Maupassant (mais aussi, avec lui, les dédicataires exclusivement masculins de ses récits, semblables à ces « quatorze bien décidés à ne jamais prendre femme » qu'évoque *Le Verrou*), le lecteur va, passe de l'une à l'autre, court aux « nouvelles » que lui rapporte le chasseur insatiable, à l'affût de la petite dernière couchée sur la page – renversée sur le lit : « Nous n'allions pas droit sans doute, car je rencontrai d'abord la cheminée, puis la commode, puis enfin ce que nous cherchions » (*Le*

Verrou). But unique, terme du voyage où éclate « la valeur de chacune à l'heure de l'affolement » (*L'Art de rompre*, 1881), le lit – tout l'imaginaire énervé de la chambre, avec sa lingerie abandonnée sur le sol, ses surprises du placard – consacre, au cours des années 1881-1885, celles de sa plus intense production, le succès de Maupassant dans le public.

« On me demande de faire une plaquette avec la nouvelle "Le lit" de *Mademoiselle Fifi*, écrit Maupassant à son éditeur, Victor Havard. Cette nouvelle servirait tout simplement de prétexte à 60 dessins sur les *lits* » (septembre 1883). Beauté assurément du prétexte, et grandeur du sujet, tant sont diverses les situations, variées les aventures, émouvantes ou tragiques : « Rien n'est excellent hors du lit [...] mais c'est là aussi qu'on souffre. » Car si la couche de Mme Kergaran, si le lit de la Patronne fait « courir des frémissements sur la peau », ce sont les secousses de la fièvre, les convulsions de la douleur, qui agitent, sur leur lit d'hôpital, les syphilitiques du *Lit 29*, qui paraît le 8 juillet 1884 dans *Gil Blas*, peu après la publication des *Sœurs Rondoli*. Promesse des plus intenses jouissances, avec les plaisirs de la table – sexe et gourmandise, ces « deux passe-temps les plus délicieux que nous ait donnés la nature », selon *L'Art de rompre* –, le lit de passage, le lit suspect des hôtels, provoque en effet l'anxiété, quand le héros y projette sa crainte des maladies vénériennes : « Tu cueilles dans un wagon une Italienne qui voyage seule ; elle t'offre avec un cynisme vraiment singulier d'aller coucher avec toi dans le premier hôtel venu. Tu l'emmènes. Et tu prétends que ce n'est pas une fille ! Et tu te persuades que tu ne cours pas plus de danger ce soir que si tu allais passer la nuit dans le lit d'une... d'une femme atteinte de petite vérole. » Si Pierre Jouvenet abandonne toute précaution, en s'abandonnant entre les bras de Francesca, de la contagion des plaisirs à celle de la peur, la fêlure, cependant, lézarde peu à peu le recueil où l'on passe des *frissons* du désir à ceux de l'épouvante. Livré à l'Autre, au double menaçant qui, chaque jour davantage, avec la maladie, s'installe dans son existence, Maupassant, à travers la passion morbide de la solitude, le met en scène ici pour la première fois dans *Lui ?* Le cherchant, le traquant, une bougie à la main, dans tous «les coins obscurs, dans toutes les ombres» de la chambre, – sous le lit.

De la communauté restaurée à la confrontation de l'Autre, des gaîtés célibataires des tables d'hôtes à la mélancolie des appartements, des chambres solitaires, un mot revient souvent dans *Les Sœurs Rondoli*, désuet, figé, déplacé dans le texte, et qui sans doute cache, derrière le vide du cliché, une réelle blessure : c'est d'abord «la chambre inconnue, navrante», puis «les soirs navrants» dans les cités ignorées, «une tristesse lourde, navrante», qui vous enveloppe. *Navrant* désignerait ainsi le point où Maupassant manque à la transparence, à l'«impersonnalité» lumineuse de son écriture, à la simplicité classique de sa langue. Localisant précisément une angoisse, un nœud, une inquiétude : «Le vent froid souffle sous les portes, la lampe agonise, et le feu vif m'éclaire, un feu vif qui grille la figure et n'échauffe pas l'appartement. Tous les objets anciens sont autour de moi, mornes, navrants, aucun bruit ne vient du village mort, sous l'hiver. On n'entend pas la mer», confie Maupassant : «J'ai froid plus encore de la solitude de la vie que de la solitude de la maison» (lettre à sa mère, janvier 1881). Vide, tristesse et désenchantement, c'est la même solitude qui plonge *le suicidé sans raison* dans la plus extrême mélancolie, qui lui fait désespérer de tout, amour, voyage, surprise. Nul événement, mais «la répétition des mêmes visions a fini par m'emplir le cœur de lassitude et d'ennui, comme il arriverait pour un spectateur entrant chaque soir au même théâtre». Toujours et partout la même expérience déprimante de la Répétition, la lente, l'inexorable décoloration des choses qui conduit à la mort. Noyé dans le brouillard, le monde tourne à vide : «Chaque cerveau est comme un cirque où tourne éternellement un pauvre cheval enfermé. Quels que soient nos efforts, nos détours, nos crochets, la limite est proche et arrondie d'une façon continue, sans saillies imprévues et sans porte sur l'inconnu. Il faut tourner, tourner toujours» (*Suicides*). Comme un «arrondi» sur lequel on butte. Rien n'y fait. La blessure est profonde – définitive : le sujet est atteint jusque dans son tempérament. À l'épreuve de l'isolement – «une solitude infinie et navrante m'entourait» (*Lui ?*) –, avec le sentiment de la peur qu'il fait naître, quelque chose, quelqu'un, s'est installé à demeure, que rien ne saurait déloger.

Et comment le désigner, le nommer ? Le raisonnement se montre impuissant ; toutes les « explications » ne peuvent empêcher la progression de l'épouvante, la montée de l'angoisse qui accable soudain le narrateur. « Il me hante, c'est fou, mais c'est ainsi. Qui, Il ? » La majuscule fonde une identité, bientôt inévitable. Les efforts pour se « roidir » par la volonté et la détermination se sont révélés inutiles. Il ne reste plus au narrateur qu'à quitter les lieux – ou, par le mariage et la présence interposée d'un tiers, à *prendre alliance* contre Lui... C'est qu'en effet, en attendant l'engloutissement, l'effondrement, corps et biens, du *Horla*, le narrateur se réserve une ultime échappée. Projetant encore, dans ses considérations sur les femmes et l'amour – trop frénétiques sans doute, et comme exacerbées : « Je voudrais avoir mille bras, mille lèvres et mille... tempéraments pour pouvoir étreindre en même temps une armée de ces êtres charmants et sans importance [...]. Elle est petite, blonde et grasse. Après demain, je désirerai ardemment une femme grande, brune et mince » –, projetant encore l'éventualité d'une rencontre, l'hypothèse du désir : que quelque bonheur attend toujours sur les boulevards, dans les cafés, aux réunions d'amis. Pour qu'au-delà des frissons de l'angoisse, des vertiges de l'inconnu, l'esprit reste encore, le plus longtemps possible, « avide d'apparences réelles » (l'expression est de Maupassant, dans sa chronique *L'Amour dans les livres et dans la vie*, juillet 1886), assuré de la diversion que lui procurent, un instant, une passade, une aventure, ou quelque bonne farce.

Il est vrai que Maupassant a toujours montré grand plaisir à mystifier ses amis, à leur faire des farces. Entre autres témoignages, Henri Gervex souligne, dans ses *Souvenirs*, combien « la surprise, l'effarement ou la terreur qu'il provoquait chez les autres ravissait le romancier ». Sans insister sur ce trait psychologique (qui renvoie également à Flaubert), nombreux sont les contes de Maupassant dont l'argument essentiel est lui-même une farce. Comment alors *les choses vont-elles tourner* ? Et *tourner* pour qui ? pour quoi ? dans quel sens ? Qu'est-ce que *tourner* veut dire ?... Car c'est la question à laquelle le récit, tous les récits de Maupassant – dont la farce schématise les tensions, dont elle est le symptôme – se trouvent confrontés.

« Ah ! la bonne farce, la bonne farce ! » répète en jubilant le neveu de Sosthène, ayant suscité la rencontre du jésuite et du franc-maçon. Mais les deux hommes rapidement prennent langue, déjeunent ensemble, font une partie de cartes : la situation se retourne. Renonçant aux chatouillements fraternels et aux mystères maçonniques, l'oncle Sosthène passe dans les rangs de la religion ; il déshérite le farceur au bénéfice du jésuite. Le récit trouve dans ce renversement sa clôture idéale. La farce a mal tourné... Bien ou mal en effet, l'important est *de prendre de vitesse, à travers l'écriture, le désenchantement* qui menace : l'important est que les choses tournent. *La Patronne* en offre un autre exemple. Puisque la voici d'abord « impassible, debout, sa bougie à la main, nous éclairant dans une pose sévère de justicier », incarnant la Censure, la Morale qui éclaire le monde – avant d'être entraînée, proprement *renversée* sur le lit par la petite canaille... On passe ainsi des tribunaux rustiques à l'adultère mondain, de la Normandie aux Indes, de l'apprentissage de la sagesse au suicide. Et Maupassant montre la même intensité à décrire les paysages imprégnés de couleurs, de saveurs, de lumière – et le néant suscité par le sentiment de la déréalisation des choses. Il importe peu alors que le monde tourne à vide, pourvu que *le tour* de ses contes soit, chaque fois, réussi.

« Je viens de vider mon sac de chroniques entre les mains d'Ollendorff », écrit Maupassant à Havard. Mais *Les Sœurs Rondoli* qu'il présente (pour susciter l'émulation entre ses éditeurs) comme « un recueil de toutes petites nouvelles », comme « le moins bon de [s]es volumes », contient au contraire quelques-uns de ses contes les meilleurs, *Lui ?*, *Le Parapluie*, *Le Petit Fût*... *Le Petit Fût*, surtout, dressant ruse contre ruse, malice contre malice : qui, de maître Chicot ou de la mère Magloire, se montrera le plus futé, le plus fin, le plus surfin des deux ? *Chicot*, comme le petit fragment qui blesse le pied du cheval ; *chicotin* qui fait passer l'amertume du piège derrière, tout miel, tout sucre, le bénéfice du viager, derrière la douceur de la fine : « Pu tôt que ce sera fini, pu que je serai content. » Il faut entendre : plus vite vous serez morte. Et bientôt la vieille femme – « infatigable comme une jeune fille » – doit être ramenée chez elle, « inerte comme un cadavre ». La ruse a pris. Le mauvais tour. Radieux, maître Chicot s'est offert son cadeau de Noël, dans la grimace indécente d'une ivrogne grotesque. Tout, d'ailleurs, dans le texte, annonçait l'ivrognerie : depuis le trouble qui saisit la mère au moment du contrat, « comme si elle eût bu quatre pots de cidre nouveau », jusqu'aux « dix écus de pots-de-vin » qu'elle obtient alors. Depuis le nom du dédicataire de la nouvelle, *Tavernier*, jusqu'à celui de la vieille femme, hanté par le calvados du *Père Magloire*, maison fondée en 1821.

Jeux de noms, jeux de mots, Maupassant en inscrit le principe à travers tout le recueil. Un nom, un mot, suffisent, engendrent un personnage : *Sacrement* qui rêve de marcher en tête du cortège, « la poitrine étincelante, zébrée de brochettes alignées l'une sur l'autre », – mais c'est l'âne chargé de reliques ! Et Mme *Oreille*, dont le nom tire à lui, tout au long du récit, les nombreux jeux de mots, les multiples fantasmes qui lui sont attachés : oreille qui ne veut pas danser, ne veut pas d'enfants, ne veut rien voir « sortir de chez elle », mais se risque à *la Maternelle* pour obtenir réparation du cigare qui a brûlé son parapluie, qui a crevé son pavillon. Et, parmi les invités de la noce, le père *Touchard* qui chante, en brandissant son pain : « Gardez-vous de toucher ce pain-là. » Tandis que le visage de *Blérot* se décompose, perd toutes ses couleurs, épuisé par sa femme – pâle goule vorace, mais toujours distinguée. Mieux que le fer et que la viande rouge, c'est l'Hercule *Delabarre*, introduit au foyer, qui lui permet de retrouver son ventre et son teint rose.

Mais le lecteur est aussi sensible aux subtiles assonances, allitérations, mille échos rythmant la phrase. Les mots s'appellent l'un l'autre, toute une ponctuation sonore au travail dans le texte : « Paul se cala dans son coin », une luciole « entra dans notre wagon et se mit à vagabonder », Francesca sortit « un morceau de chocolat et deux croissants et elle commença à croquer de ses belles dents le pain croustillant et la tablette ». Les exemples abondent. Et l'on voudrait simplement, aux crocs de la belle Francesca étincelant dans le texte, opposer la tombée de la pluie, superbe, dans *Le Mal d'André*, quand tout à coup « une pluie fine se mit à tomber, et les gouttes glissant de feuille en feuille faisaient dans l'ombre un frémissement d'eau »...

« Je l'admire, à cause de dons ! Je ne peux oublier, en les loisirs instinctivement que mon choix se portait sur une œuvre de Maupassant, pour aérer le regard et lire limpidement pour lire. Le charme, au lettré, qu'ici l'afflux de la Vie ne relègue le style ; un mélange savoureux plutôt et, par l'intermédiaire des mots, avec leur valeur, elle paraît. » *Lire limpidement pour lire*, le jugement de Stéphane Mallarmé consacre la réputation de l'écrivain, l'incomparable transparence de ses nouvelles, où les mots semblent traverser, pénétrer les choses, pour en restituer, à travers la diversité des sentiments, à travers la ronde des personnages, la saveur immédiate.

C'est ainsi que Maupassant confirme avec éclat, au cours de l'année 1884, son génie de conteur. Promenant son sac immense, tout lui est bon, tous les âges, tous les lieux, toutes les classes. Toutes les formes que prennent la rapacité, la bêtise et l'injustice sociale. Paysans cupides et militaires galonnés, lancés à l'assaut des maisons bourgeoises... Dès lors, contes et nouvelles se multiplient avec une aisance qui entraîne l'admiration. Le succès des *Sœurs Rondoli*, dès la parution du recueil, en juillet, est considérable. Les éditions se succèdent rapidement chez Ollendorff. Les ventes annoncées par l'éditeur sont à ce point élevées qu'elles suscitent l'incrédulité de Maupassant lui-même. La bonne Maison Rondoli l'emporte sur les plus solides, sur les plus réputées : « J'ai écrit dernièrement à Ollendorff pour connaître le sort des *Sœurs Rondoli*. Il m'a répondu qu'on tirait la 18e édition. J'ai écrit de nouveau une lettre ironique pour demander si ces éditions étaient de 200 ou de 250. Je vous communique la réponse que je reçois. Voici donc le moins bon de mes volumes, paru en plein été, en plein choléra, vendu en deux mois à 9.500 exemplaires, alors que *La Maison Tellier* ou *Miss Harriett* sont restées tout à fait en arrière » (lettre à Victor Havard, fin septembre 1884). De même, et plus vite encore que le choléra, rivalisant avec lui en plein été, gagnant sur lui, « le dernier Maupassant » circule, se répand avec une vitesse surprenante, élargissant le cercle des lecteurs. Immédiatement, aussitôt lu.

Conteur moderne[1], ayant trouvé précisément le rythme qui convient, découpe du trait, vitesse d'exécution, Maupassant laisse courir le *Rapide* ! Jamais les réflexions d'Alberto Savinio, concernant la structure formelle de ses recueils, ne se sont révélées plus justes : «Les livres de Maupassant sont eux aussi des trains », écrit-il dans *Maupassant et l'«Autre»*. De sorte que «le conte le plus long en tête [...] fait office de locomotive, et à la suite les contes plus brefs sont les wagons». Ainsi, fermant la boucle, Maupassant peut en vérifier le succès tout au long de la ligne du P.L.M. : dans toutes les grandes gares «on voit partout *Les Sœurs Rondoli*»; «à Marseille, *Les Sœurs Rondoli* sont partout en montre»... Et la première nouvelle entraîne d'autant plus aisément le recueil qu'elle évoque le Midi, que le départ en juin pour les plaisirs d'Italie efface décembre, «le mois noir, le mois sinistre, le mois profond, la minuit de l'année» (selon une lettre de Maupassant à sa mère, d'octobre 1875). Si Maupassant fait résonner dans son œuvre le Tout se répète sans cesse et lamentablement – en revenant à Gênes un an après avoir rencontré Francesca, à la même époque, à la même heure, au même hôtel –, en apprenant de Mme Rondoli l'existence de ses trois autres filles, Pierre Jouvenet connaît le bonheur dans la répétition. Tel est son gai savoir, l'étonnante surprise qu'il rapporte de Gênes. Ayant fait du P.L.M. une ligne circulaire. Chaque sœur, différemment, tient sa place dans la ronde – et les figures tournent au soleil, merveilleusement.

P. et R. WALD LASOWSKI.

---

1. «Un conteur moderne», tel est le titre que Marius Joulie donne à l'étude qu'il consacre à Maupassant, dans *La Revue lyonnaise*, en 1883 : «C'est surtout un peintre rare, sans lourdeur et sans bavures, ne gâchant pas, arrêtant son dessin par un contour net, limitant sa phrase entre deux traits [...].»

CHRONOLOGIE

1850. – Naissance de Guy de Maupassant, le 5 août. Né à Fécamp, mais déclaré par sa mère au château de Miromesnil ; dédaignant son père, Gustave de Maupassant, au bénéfice de Gustave Flaubert ; courant des bords de Seine à son bureau du ministère ; toujours entre la Normandie et Cannes ; fort et vigoureux, mais miné très tôt par la maladie ; écrivain de la clarté occupé à préserver ses yeux malades : toutes les biographies de Maupassant présentent simultanément les deux bords d'une vie, le passage, la course d'un bord à l'autre.

1856. – Naissance d'Hervé de Maupassant, frère de Guy.

1860-1868. – Séparée de Gustave de Maupassant, époux volage, père toujours absent, Laure de Maupassant vit à Étretat avec ses deux enfants.

Élève au séminaire d'Yvetot, Guy se plaint de ce « couvent triste, où règnent les curés, l'hypocrisie, l'ennui, etc., etc., et d'où s'exhale une odeur de soutane qui se répand dans toute la ville d'Yvetot et qu'on garde encore malgré soi les premiers jours de vacances » (lettre à Louis le Poittevin, avril 1868). Les vacances au bord de la mer le délivrent, de même qu'à Paris, quelques années plus tard, le canotage sur la Seine lui permet d'échapper à l'enfer du bureau.

1869. – Interne au lycée de Rouen, Maupassant retrouve, chaque dimanche, Louis Bouilhet qui lui fait rencontrer Gustave Flaubert. Celui-ci devient très vite le confident, le maître et ami, le correcteur des premiers textes. Maupassant lui fait part de ses ambitions, bientôt il lui racontera toutes ses « prouesses ».

1870. – Installé à Paris pour y suivre des cours à la faculté de droit, Maupassant est mobilisé lorsque la guerre éclate, suivie de l'effondrement de Napoléon III. Horreurs de l'occupation, vanité des militaires, la défaite lui est profondément amère.

1872. – Maupassant entre au ministère de la Marine et des Colonies. Il connaîtra jusqu'en 1890 la vie de fonctionnaire, à la fois amusé et terrifié par la médiocrité des employés de bureau, par les « gaietés » du ministère, dont M. Oreille, avec son parapluie, est le porte-drapeau.

1872-1875. – Maupassant mène joyeuse vie. Canotage, exploits sportifs, prouesses sexuelles : ici et là, il affiche le goût de la performance, qu'il portera bientôt dans l'écriture de ses contes.

1875-1880. – Attiré par la poésie et le théâtre (nombreuses sont les œuvres qui seront adaptées ultérieurement pour la scène), Maupassant commence à écrire. Il publie en 1875 un conte fantastique, *La Main d'écorché* ; en 1876, un poème, *Au bord de l'eau*. En 1877, il a fixé le plan de son roman, *Une vie*.

Il consulte sérieusement les médecins – « J'ai la vérole ! enfin ! la vraie ! » –, qui ne reconnaissent pas la syphilis, pensent à des maladies nerveuses, de l'estomac ou du cœur.

Aux moments d'intense activité succèdent des périodes de dépression. Le côté « farce » de l'existence se superpose au sentiment de sa monotonie : « C'est décembre qui me terrifie, écrit-il à sa mère, le mois noir, le mois sinistre, le mois profond, la minuit de l'année » (octobre 1875).

À Paul Alexis, en janvier 1877 : « Je ne discute jamais littérature, ni principes, parce que je crois cela parfaitement inutile. »

1880. – *Les Soirées de Médan* paraissent en avril. *Boule de suif* est aussitôt considérée comme la meilleure nouvelle du recueil... Le 8 mai, la mort de Flaubert l'affecte profondément, le laisse *seul*... Atteint « de paralysie de l'accommodation de l'œil droit », Maupassant quitte le ministère.

1881. – C'est *La Maison Tellier*, nouveau chef-d'œuvre. La maison close a su enfermer le génie qui habitait *Boule de suif*, l'histoire de la prostituée en fuite. Maupassant,

avec ce premier recueil, fonde solidement, maison prospère et sûre, ce qu'on pourrait appeler *La Maison Maupassant, Contes et Nouvelles*, comptoirs à Paris, en Normandie, sur la Méditerranée.

1882-1889. – Désormais Maupassant ne cesse plus
d'écrire. Les recueils se multiplient, les romans se succèdent : *Mademoiselle Fifi* (1882) ; *Une vie, Les Contes de
la bécasse, Clair de lune* (1883) ; *Au soleil, Miss Harriet,
Les Sœurs Rondoli* (1884) ; *Bel-Ami, Yvette, Contes du
jour et de la nuit, Toine* (1885) ; *Monsieur Parent, La
Petite Roque* (1886) ; *Mont-Oriol, Le Horla* (1887) ;
Pierre et Jean, Sur l'eau, Le Rosier de madame Husson
(1888) ; *Fort comme la mort, La Main gauche* (1889)...
La maîtrise, la diversité, la limpidité de cette écriture
forcent l'admiration : « Que voulez-vous qu'on dise, écrira
Jules Lemaître, de ce conteur robuste qui conte aussi
aisément que je respire, qui fait des chefs-d'œuvre comme
les pommiers de son pays donnent des pommes, dont la
philosophie même est nette comme une pomme. Que
voulez-vous qu'on dise sinon qu'il est parfait. »

« Robuste », Maupassant ?... Son état, au contraire, ne
cesse de s'aggraver : migraines, névralgies, insomnies,
troubles oculaires, hallucinations. Cures et traitements
divers, liaisons furtives ou mondaines, voyages vers le
Sud à la recherche du soleil (en Italie, en Afrique du Nord)
ne peuvent le distraire ni empêcher les désordres de la
maladie qui, chaque année, prend un peu plus possession
de lui.

1883. – Naissance de Lucien Litzelmann (que suivront, en
1884 et 1887, deux filles), fils de Maupassant et de
Joséphine Litzelmann : Maupassant ne reconnaîtra aucun
de ses enfants.

1884. – Maupassant écrit à M. Bashkirtseff : « Tout m'est
à peu près égal dans la vie, hommes, femmes et événements. Voilà ma vraie profession de foi ; et j'ajoute [...]
que je ne tiens pas plus à moi qu'aux autres. Tout se
divise en ennui, farce et misère. »

1885. – Voyage en Italie, avec H. Amic, Gervex et G.
Legrand. Dans l'article qu'il intitule *Guy de Maupassant
vers 1885* (qui ne sera publié que bien des années plus
tard), Porto-Riche témoigne : « En le regardant de près,

je trouve qu'il ressemble à ses paysans. Comme eux, il me paraît à la fois misanthrope et farceur, rustique au fond, patient et madré, rêveur malgré lui et libertin, bien entendu.» Mais déjà sa table de travail est «couverte de lettres, de photographies, de billets armoriés». Le paysan normand cède à la tentation de la mondanité qui le conduira, pour ainsi dire, à chasser sur les terres de P. Bourget.

1888. – Maupassant se confie dans *Sur l'eau*, journal de bord : «Certes, en certains jours, j'éprouve l'horreur de ce qui est jusqu'à désirer la mort. Je sens jusqu'à la souffrance suraiguë la monotonie invariable des paysages, des figures et des pensées.» Tandis qu'au contraire, en certains autres, «je jouis de tout à la façon d'un animal. [...] Je sens frémir en moi quelque chose de toutes les espèces d'animaux, de tous les instincts, de tous les désirs confus des créatures inférieures. J'aime la terre comme elles et non comme vous, les hommes, je l'aime sans l'admirer, sans la poétiser, sans l'exalter.»

1889-1893. – L'internement d'Hervé de Maupassant (qui jette à son frère, venu le conduire à l'asile : «C'est toi le fou de la famille !»), puis sa mort la même année, sont comme le reflet sinistre de ce qui attend l'écrivain. Sa santé s'est, en effet, complètement, définitivement, détériorée. La paralysie gagne. Le soleil d'Italie est bien loin ; Maupassant est pris dans les glaces : «Beau soleil, mais les lacs du Bois de Boulogne sont encore terriblement gelés» (lettre à sa mère, février 1891). Maupassant cherche à faire de son logis «une serre chaude». C'est en vain.

En 1890 paraissent encore *Notre cœur*, *L'Inutile Beauté*, *La Vie errante*. *L'Âme étrangère*, *L'Angélus* resteront inachevés.

«Je serai mort dans quelques jours», écrit Maupassant à Mme Albert Cahen, en décembre 1891. Dans la nuit du 1er janvier 1892, il tente de se suicider. Interné dans la maison de santé du docteur Blanche, il y meurt le 6 juillet 1893.

Dans *Adieu*, Maupassant écrivait : «Et la vie m'apparut rapide comme un train qui passe» ; dans *La Peur* : «Le train filait, à toute vapeur, dans les ténèbres.»

Note sur la présente édition

En 1884, Maupassant a publié *Clair de lune* chez Monnier, *Miss Harriet* chez Havard. Après avoir donné, en feuilleton, dans *L'Écho de Paris*, la nouvelle qui donne son titre au recueil, *Les Sœurs Rondoli* paraît en juillet 1884 chez Ollendorff, inaugurant ainsi la collaboration de Maupassant avec ce nouvel éditeur, qui publiera *Bel-Ami, Monsieur Parent, Le Horla*. C'est le texte de cette édition Ollendorff que nous reproduisons ici.

LES SŒURS RONDOLI

À Georges de Porto-Riche[1].

I

« Non, dit Pierre Jouvenet, je ne connais pas l'Italie, et pourtant j'ai tenté deux fois d'y pénétrer, mais je me suis trouvé arrêté à la frontière de telle sorte qu'il m'a toujours été impossible de m'avancer plus loin. Et pourtant ces deux tentatives m'ont donné une idée charmante des mœurs de ce beau pays. Il me reste à connaître les villes, les musées,

1. Il y aurait beaucoup à dire sur la communauté – *le système* – des dédicataires dans l'œuvre de Maupassant. Rien d'étonnant si *Les Sœurs Rondoli* est dédié à Georges de Porto-Riche, lui-même d'ascendance italienne, dont le lecteur actuel a probablement oublié qu'il fut dramaturge et académicien, pour ne retenir qu'un nom, gagné à la cause méditerranéenne : *Porto-Riche* entre *Monte-Carlo* et *Portofino*.

Dans *Sous mes yeux, Guy de Maupassant vers 1885*, Porto-Riche présente Maupassant comme « l'idole de toutes les femmes » : « Cela lui donne un prestige incroyable, et dans tous les mondes, les aventures les plus extraordinaires lui arrivent. Là où M. X... triomphe d'habitude, si M. Guy de Maupassant paraît, M. X... a tort. C'est que la psychologie ne suffit pas : X... commence, Maupassant achève. » Vitesse, présence, efficacité – l'art de la chute : « D'autre part, sa tranquillité s'accommode mal des tracas de l'adultère. Les préliminaires l'ennuient. Il ne lit jamais de préface. » Tout à rebours de Paul Bourget.

Il revient cependant à Paul Ginisty – à qui est dédié ici *Mon oncle Sosthène* – de faire le compte-rendu des *Sœurs Rondoli*, la nouvelle et le recueil, dans le *Gil Blas* du 22 juillet 1884 : Maupassant « garde avec soin son impersonnalité dans le récit d'une simplicité apparente, où l'esprit le plus caustique perce sournoisement dans des effets très imprévus, attestant son scepticisme, mais un scepticisme qui a des profondeurs

les chefs-d'œuvre dont cette terre est peuplée. J'essayerai de nouveau, au premier jour, de m'aventurer sur ce territoire infranchissable.

« Vous ne comprenez pas ? – Je m'explique. »

C'est en 1874, que le désir me vint de voir Venise, Florence, Rome et Naples. Ce goût me prit vers le 15 juin, alors que la sève violente du printemps vous met au cœur des ardeurs de voyage et d'amour.

Je ne suis pas voyageur cependant[1]. Changer de place me paraît une action inutile et fatigante. Les nuits en chemin de fer, le sommeil secoué des wagons avec des douleurs dans la tête et des courbatures dans les membres, les réveils éreintés dans cette boîte roulante, cette sensation de crasse sur la peau, ces saletés volantes qui vous poudrent les yeux et le poil, ce parfum de charbon dont on se nourrit, ces dîners exécrables dans le courant d'air des buffets sont, à mon avis, de détestables commencements pour une partie de plaisir.

Après cette introduction du *Rapide*, nous avons les tristesses de l'hôtel, du grand hôtel plein de monde et si vide, la chambre inconnue, navrante, le lit suspect ! – Je tiens à mon lit plus qu'à tout. Il est le sanctuaire de la

d'abîme ! Les audaces ne sont pas seulement dans la trame légère de l'aventure ; on les devine surtout au fond de sa pensée, et cette bouffonne étude de mœurs est troublante par plus d'un côté ». Pour les contes qui suivent, ils « dépouillent dans leurs subtils raisonnements le fond même de ces paysans que Maupassant excelle à rendre, en de larges esquisses, criantes de vérité, ou d'une ironie souvent féroce, comme *Mon oncle Sosthène*, une étude d'une observation impitoyable sur les hypocrisies de la conscience ».

1. Maupassant a mis beaucoup de lui-même dans le personnage de Pierre Jouvenet. Il partage précisément son dégoût pour les conversations des tables d'hôte : « Est-il rien de plus sinistre qu'une conversation de table d'hôte ? J'ai vécu dans les hôtels, j'ai subi l'âme humaine qui se montre là dans toute sa platitude. Il faut vraiment être bien résolu à la suprême indifférence pour ne pas pleurer de chagrin, de dégoût et de honte quand on entend l'homme parler » (*Sur l'eau*). Horreur des lieux communs, vanité du déplacement, sentiment de solitude... D'un journal de voyage à l'autre, tout peut changer, cependant : « Tout logis qu'on habite longtemps devient prison ! Oh ! Fuir, partir ! fuir les lieux connus, les hommes, les mouvements pareils aux mêmes heures, et les mêmes pensées surtout » (*Au soleil*). Car le voyage est ici le seul moyen d'*entrer dans une vie nouvelle* : « Le voyage est une espèce de porte par où l'on

vie. On lui livre nue sa chair fatiguée pour qu'il la ranime et la repose dans la blancheur des draps et dans la chaleur des duvets.

C'est là que nous trouvons les plus douces heures de l'existence, les heures d'amour et de sommeil. Le lit est sacré. Il doit être respecté, vénéré par nous, et aimé, comme ce que nous avons de meilleur et de plus doux sur la terre.

Je ne puis soulever le drap d'un lit d'hôtel sans un frisson de dégoût. Qu'a-t-on fait là-dedans, l'autre nuit ? Quels gens malpropres, répugnants, ont dormi sur ces matelas ? Et je pense à tous les êtres affreux qu'on coudoie chaque jour, aux vilains bossus, aux chairs bourgeonneuses, aux mains noires qui font songer aux pieds et au reste. Je pense à ceux dont la rencontre vous jette au nez des odeurs écœurantes d'ail ou d'humanité. Je pense aux difformes, aux purulents, aux sueurs des malades, à toutes les laideurs et à toutes les saletés de l'homme[1].

Tout cela a passé dans ce lit où je vais dormir. J'ai mal au cœur en glissant mon pied dedans.

Et les dîners d'hôtel, les longs dîners de table d'hôte au milieu de toutes ces personnes assommantes ou grotesques ; et les affreux dîners solitaires à la petite table du restaurant en face d'une pauvre bougie coiffée d'un abat-jour.

sort de la réalité connue pour pénétrer dans une réalité inexplorée qui semble un rêve.

« Une gare ! un port ! un train qui siffle et crache son premier jet de vapeur ! un grand navire passant dans les jetées, lentement, mais dont le ventre halète d'impatience et qui va fuir, là-bas, à l'horizon vers des pays nouveaux ! Qui peut voir cela sans frémir d'envie, sans sentir s'éveiller dans son âme le frissonnant désir des longs voyages. » La poésie des gares, l'exaltation des navires en partance, le frisson du désir : c'est le soleil qui fait la différence. Ce n'est que sous le signe du *Midi* que, dans la vie et l'œuvre de Maupassant, le voyage radieux est pensable.

1. Parmi toutes les maladies, toutes les épidémies auxquelles on peut rapporter l'anxiété de Pierre Jouvenet, le Choléra, en cette année 1884, s'impose absolument. En tant qu'il est, par essence, lié au déplacement, au voyage : « Le choléra n'est nullement venu par la *Sarthe*, écrit Maupassant à sa mère, mais par le *Shamrock*, autre navire de guerre. La première mort a eu lieu le 26 avril. » Et de Toulon – le bateau, le train, les moyens de communication sont ici solidaires – le mal gagne bientôt Paris : « Nous avons en France un visiteur assez joyeux, le Choléra, qui va sans doute nous tuer une cinquantaine de mille de citoyens. Il est arrivé à Paris ces jours-ci et il commence à se mettre en besogne » (lettre à une inconnue, 2 juillet 1884). Le conte intitulé *La Peur*, préparant *Le*

Et les soirs navrants dans la cité ignorée ?
Connaissez-vous rien de plus lamentable que la nuit qui
tombe sur une ville étrangère ? On va devant soi au milieu
d'un mouvement, d'une agitation qui semblent surprenants
comme ceux de songes. On regarde ces figures qu'on n'a
jamais vues, qu'on ne reverra jamais, on écoute ces voix
parler de choses qui vous sont indifférentes, en une langue
qu'on ne comprend même point. On éprouve la sensation
atroce de l'être perdu. On a le cœur serré, les jambes
molles, l'âme affaissée. On marche comme si on fuyait,
on marche pour ne pas rentrer dans l'hôtel où on se trou-
verait plus perdu encore parce qu'on y est chez soi, dans
le chez soi payé de tout le monde, et on finit par tomber
sur la chaise d'un café illuminé, dont les dorures et les
lumières vous accablent mille fois plus que les ombres de
la rue. Alors, devant le bock baveux apporté par un garçon
qui court, on se sent si abominablement seul qu'une sorte
de folie vous saisit, un besoin de partir, d'aller autre part,
n'importe où, pour ne pas rester là, devant cette table de
marbre et sous ce lustre éclatant. Et on s'aperçoit soudain
qu'on est vraiment et toujours et partout seul au monde,
mais que dans les lieux connus, les coudoiements familiers
vous donnent seulement l'illusion de la fraternité humaine.
C'est en ces heures d'abandon, de noir isolement dans les
cités lointaines qu'on pense largement, clairement, et profondément. C'est alors qu'on voit bien toute la vie d'un
seul coup d'œil en dehors de l'optique d'espérance éternelle,
en dehors de la tromperie des habitudes prises et de l'attente
du bonheur toujours rêvé.

C'est en allant loin qu'on comprend bien comme tout
est proche et court et vide ; c'est en cherchant l'inconnu

Horla (mais nous renvoyant aussi à *Lui* ?), en porte témoignage : « Tenez,
monsieur, nous assistons à un spectacle curieux et terrible : cette invasion
du *choléra* !

« Vous sentez le phénol dont ces wagons sont empoisonnés, c'est qu'Il
est là quelque part.

« Il faut voir Toulon en ce moment. Allez, on sent bien qu'il est là,
Lui »... Il s'agit dès lors que le *Rapide*, que le train du plaisir, prenne le
mal de vitesse. Et bientôt, en effet, voici que *Les Sœurs Rondoli* « paru
en plein été, en plein choléra [est] vendu en deux mois à 9.500 exemplaires,
alors que *La Maison Tellier* et *Miss Harriet* sont restés tout à fait en
arrière » (lettre à Havard, septembre 1884).

qu'on s'aperçoit bien comme tout est médiocre et vite fini ; c'est en parcourant la terre qu'on voit bien comme elle est petite et sans cesse à peu près pareille.

Oh ! les soirées sombres de marche au hasard par des rues ignorées, je les connais. J'ai plus peur d'elles que de tout.

Aussi comme je ne voulais pour rien partir seul en ce voyage d'Italie, je décidai à m'accompagner mon ami Paul Pavilly.

Vous connaissez Paul. Pour lui, le monde, la vie, c'est la femme. Il y a beaucoup d'hommes de cette race-là. L'existence lui apparaît poétisée, illuminée par la présence des femmes. La terre n'est habitable que parce qu'elles y sont ; le soleil est brillant et chaud parce qu'il les éclaire. L'air est doux à respirer parce qu'il glisse sur leur peau et fait voltiger les courts cheveux de leurs tempes. La lune est charmante parce qu'elle leur donne à rêver et qu'elle prête à l'amour un charme langoureux. Certes tous les actes de Paul ont les femmes pour mobile ; toutes ses pensées vont vers elles, ainsi que tous ses efforts et toutes ses espérances.

Un poète a flétri cette espèce d'hommes :

> Je déteste surtout le barde à l'œil humide
> Qui regarde une étoile en murmurant un nom,
> Et pour qui la nature immense serait vide
> S'il ne portait en croupe ou Lisette ou Ninon.
>
> Ces gens-là sont charmants qui se donnent la peine,
> Afin qu'on s'intéresse à ce pauvre univers,
> D'attacher des jupons aux arbres de la plaine
> Et la cornette blanche au front des coteaux verts.
>
> Certes ils n'ont pas compris tes musiques divines
> Éternelle nature aux frémissantes voix,
> Ceux qui ne vont pas seuls par les creuses ravines
> Et rêvent d'une femme au bruit que font les bois !

Quand je parlai à Paul de l'Italie, il refusa d'abord absolument de quitter Paris, mais je me mis à lui raconter des aventures de voyage, je lui dis comme les Italiennes passent pour charmantes ; je lui fis espérer des plaisirs raffinés, à Naples, grâce à une recommandation que j'avais

pour un certain signore Michel Amoroso dont les relations
sont fort utiles aux voyageurs ; et il se laissa tenter.

II

Nous prîmes le *Rapide* un jeudi soir, le 26 juin. On ne
va guère dans le Midi[1] à cette époque ; nous étions seuls
dans le wagon, et de mauvaise humeur tous les deux,
ennuyés de quitter Paris, déplorant d'avoir cédé à cette
idée de voyage, regrettant Marly si frais, la Seine si belle,
les berges si douces, les bonnes journées de flâne dans une
barque, les bonnes soirées de somnolence sur la rive, en
attendant la nuit qui tombe.

Paul se cala dans son coin, et déclara, dès que le train
se fût mis en route : « C'est stupide d'aller là-bas. »

Comme il était trop tard pour qu'il changeât d'avis, je
répliquai : « Il ne fallait pas venir. »

Il ne répondit point. Mais une envie de rire me prit en
le regardant tant il avait l'air furieux. Il ressemble certainement à un écureuil. Chacun de nous d'ailleurs garde dans
les traits, sous la ligne humaine, un type d'animal, comme
la marque de sa race primitive. Combien de gens ont des
gueules de bulldog, des têtes de bouc, de lapin, de renard,
de cheval, de bœuf ! Paul est un écureuil devenu homme.
Il a les yeux vifs de cette bête, son poil roux, son nez
pointu, son corps petit, fin, souple et remuant, et puis une
mystérieuse ressemblance dans l'allure générale. Que
sais-je ? une similitude de gestes, de mouvements, de tenue
qu'on dirait être du souvenir.

Enfin nous nous endormîmes tous les deux de ce sommeil bruissant de chemin de fer que coupent d'horribles
crampes dans les bras et dans le cou et les arrêts brusques
du train.

Le réveil eut lieu comme nous filions le long du Rhône.
Et bientôt le cri continu des cigales entrant par la portière,

---

1. Départ pour le Midi, qu'il s'agisse de l'Italie, qu'il s'agisse de
l'Algérie : « C'est le midi du désert, le midi épandu sur la mer de sable
immobile, qui m'a fait quitter les *bords fleuris* de la Seine chantés par
Mme Desboulières [...] » (*Au Soleil*). Maupassant ne peut que citer Leconte
de Lisle : « Midi, roi des étés, épandu sur la plaine. »

ce cri qui semble la voix de la terre chaude, le chant de la Provence, nous jeta dans la figure, dans la poitrine, dans l'âme la gaie sensation du Midi, la saveur du sol brûlé, de la patrie pierreuse et claire de l'olivier trapu au feuillage vert de gris.

Comme le train s'arrêtait encore, un employé se mit à courir le long du convoi en lançant un *Valence* sonore, un vrai *Valence*, avec l'accent, avec tout l'accent, un *Valence* enfin qui nous fit passer de nouveau dans le corps ce goût de Provence que nous avait déjà donné la note grinçante des cigales.

Jusqu'à Marseille, rien de nouveau.

Nous descendîmes au buffet pour déjeuner.

Quand nous remontâmes dans notre wagon, une femme y était installée.

Paul me jeta un coup d'œil ravi ; et, d'un geste machinal il frisa sa courte moustache, puis, soulevant un peu sa coiffure, il glissa, comme un peigne, ses cinq doigts ouverts dans ses cheveux fort dérangés par cette nuit de voyage. Puis il s'assit en face de l'inconnue.

Chaque fois que je me trouve, soit en route, soit dans le monde, devant un visage nouveau j'ai l'obsession de deviner quelle âme, quelle intelligence, quel caractère se cachent derrière ces traits.

C'était une jeune femme, toute jeune et jolie, une fille du Midi assurément. Elle avait des yeux superbes, d'admirables cheveux noirs, ondulés, un peu crêpelés, tellement touffus, vigoureux et longs qu'ils semblaient lourds, qu'ils donnaient rien qu'à les voir la sensation de leur poids sur la tête. Vêtue avec élégance et un certain mauvais goût méridional, elle semblait un peu commune. Les traits réguliers de sa face n'avaient point cette grâce, ce fini des races élégantes, cette délicatesse légère que les fils d'aristocrates reçoivent en naissant et qui est comme la marque héréditaire d'un sang moins épais.

Elle portait des bracelets trop larges pour être en or, des boucles d'oreilles ornées de pierres transparentes trop grosses pour être des diamants ; et elle avait dans toute sa personne un je ne sais quoi de peuple. On devinait qu'elle devait parler trop fort, crier en toute occasion avec des gestes exubérants.

Le train partit.

Elle demeurait immobile à sa place, les yeux fixés devant elle dans une pose renfrognée de femme furieuse. Elle n'avait pas même jeté un regard sur nous.

Paul se mit à causer avec moi, disant des choses apprêtées pour produire de l'effet, étalant une devanture de conversation pour attirer l'intérêt comme les marchands étalent en montre leurs objets de choix pour éveiller le désir.

Mais elle semblait ne pas entendre.

«Toulon! dix minutes d'arrêt! Buffet!» cria l'employé.

Paul me fit signe de descendre, et, sitôt sur le quai: «Dis-moi qui ça peut bien être?»

Je me mis à rire: «Je ne sais pas, moi. Ça m'est bien égal.»

Il était fort allumé: «Elle est rudement jolie et fraîche, la gaillarde. Quels yeux! Mais elle n'a pas l'air content. Elle doit avoir des embêtements; elle ne fait attention à rien.»

Je murmurai: «Tu perds tes frais.»

Mais il se fâcha: «Je ne fais pas de frais, mon cher; je trouve cette femme très jolie, voilà tout. — Si on pouvait lui parler? Mais que lui dire? Voyons tu n'as pas une idée, toi? Tu ne soupçonnes pas qui ça peut être?

— Ma foi, non. Cependant je pencherais pour une cabotine qui rejoint sa troupe après une fuite amoureuse.»

Il eut l'air froissé, comme si je lui avais dit quelque chose de blessant, et il reprit: «À quoi vois-tu ça? Moi je lui trouve au contraire l'air très comme il faut.»

Je répondis: «Regarde les bracelets, mon cher, et les boucles d'oreilles, et la toilette. Je ne serais pas étonné non plus que ce fût une danseuse, ou peut-être même une écuyère, mais plutôt une danseuse. Elle a dans toute sa personne quelque chose qui sent le théâtre.»

Cette idée le gênait décidément: «Elle est trop jeune mon cher, elle a à peine vingt ans.

— Mais, mon bon, il y a bien des choses qu'on peut faire avant vingt ans, la danse et la déclamation sont de celles-là, sans compter d'autres encore qu'elle pratique peut-être uniquement.»

«Les voyageurs pour l'express de Nice, Vintimille, en voiture!» criait l'employé.

Il fallait remonter. Notre voisine mangeait une orange. Décidément, elle n'était pas d'allure distinguée. Elle avait ouvert son mouchoir sur ses genoux ; et sa manière d'arracher la peau dorée, d'ouvrir la bouche pour saisir les quartiers entre ses lèvres, de cracher les pépins par la portière révélait toute une éducation commune d'habitudes et de gestes.

Elle semblait d'ailleurs plus grinchue[1] que jamais, et elle avalait rapidement son fruit avec un air de fureur tout à fait drôle.

Paul la dévorait du regard, cherchant ce qu'il fallait faire pour éveiller son attention, pour remuer sa curiosité. Et il se remit à causer avec moi, donnant jour à une procession d'idées distinguées, citant familièrement des noms connus. Elle ne prenait nullement garde à ses efforts.

On passa Fréjus, Saint-Raphaël. Le train courait dans ce jardin, dans ce paradis des roses, dans ce bois d'orangers et de citronniers épanouis qui portent en même temps leurs bouquets blancs et leurs fruits d'or, dans ce royaume des parfums, dans cette patrie des fleurs, sur ce rivage admirable qui va de Marseille à Gênes.

C'est en juin qu'il faut suivre cette côte où poussent, libres, sauvages, par les étroits vallons, sur les pentes des collines, toutes les fleurs les plus belles. Et toujours on revoit des roses, des champs, des plaines, des haies, des bosquets de roses. Elles grimpent aux murs, s'ouvrent sur les toits, escaladant les arbres, éclatent dans les feuillages, blanches, rouges, jaunes, petites ou énormes, maigres avec une robe unie et simple, ou charnues, en lourde et brillante toilette.

Et leur souffle puissant, leur souffle continu épaissit l'air, le rend savoureux et alanguissant. Et la senteur plus pénétrante encore des orangers ouverts semble sucrer ce qu'on respire, en faire une friandise pour l'odorat.

La grande côte aux rochers bruns s'étend baignée par la Méditerranée immobile. Le pesant soleil d'été tombe en nappe de feu sur les montagnes, sur les longues berges de sable, sur la mer d'un bleu dur et figé. Le train va toujours,

---

1. Retour du terroir normand jusque dans la belle Italienne ?... « L'équivalent normand de *grincheux* est *grinchu* », selon Littré.

entre dans les tunnels pour traverser les caps, glisse sur
les ondulations des collines, passe au-dessus de l'eau sur
des corniches droites comme des murs ; et une douce, une
vague odeur salée, une odeur d'algues qui sèchent se mêle
parfois à la grande et troublante odeur des fleurs.

Mais Paul ne voyait rien, ne regardait rien, ne sentait
rien. La voyageuse avait pris toute son attention.

À Cannes, ayant encore à me parler, il me fit signe de
descendre de nouveau.

À peine sortis du wagon, il me prit le bras.

« Tu sais qu'elle est ravissante. Regarde ses yeux. Et ses
cheveux, mon cher, je n'en ai jamais vu de pareils ! »

Je lui dis : « Allons, calme-toi ; ou bien, attaque si tu as
des intentions. Elle ne m'a pas l'air imprenable, bien qu'elle
paraisse un peu grognon. »

Il reprit : « Est-ce que tu ne pourrais pas lui parler, toi ?
Moi, je ne trouve rien. Je suis d'une timidité stupide au
début. Je n'ai jamais su aborder une femme dans la rue.
Je les suis, je tourne autour, je m'approche, et jamais je
ne découvre la phrase nécessaire. Une seule fois j'ai fait
une tentative de conversation. Comme je voyais de la façon
la plus évidente qu'on attendait mes ouvertures, et comme
il fallait absolument dire quelque chose, je balbutiai : "Vous
allez bien, madame ?" Elle me rit au nez, et je me suis
sauvé. »

Je promis à Paul d'employer toute mon adresse pour
amener une conversation, et, lorsque nous eûmes repris nos
places, je demandai gracieusement à notre voisine : « Est-ce
que la fumée de tabac vous gêne, madame ? »

Elle répondit : « Non capisco. »

C'était une Italienne ! Une folle envie de rire me saisit.
Paul ne sachant pas un mot de cette langue, je devais lui
servir d'interprète. J'allais commencer mon rôle. Je prononçai, alors, en italien :

« Je vous demandais, madame, si la fumée du tabac vous
gêne le moins du monde ? »

Elle me jeta d'un air furieux : « *Che mi fa !* »

Elle n'avait pas tourné la tête ni levé les yeux sur moi,
et je demeurai fort perplexe, ne sachant si je devais prendre
ce « qu'est-ce que ça me fait ? » pour une autorisation, pour

un refus, pour une vraie marque d'indifférence ou pour un simple : «Laissez-moi tranquille. »

Je repris : «Madame, si l'odeur vous gêne le moins du monde... ? »

Elle répondit alors : «*Mica*» avec une intonation qui équivalait à : «Fichez-moi la paix ! » C'était cependant une permission, et je dis à Paul : «Tu peux fumer. » Il me regardait avec ces yeux étonnés qu'on a quand on cherche à comprendre des gens qui parlent devant vous une langue étrangère. Et il demanda d'un air tout à fait drôle :

«Qu'est-ce que tu lui as dit ?

— Je lui ai demandé si nous pouvions fumer.

— Elle ne sait donc pas le français ?

— Pas un mot.

— Qu'a-t-elle répondu ?

— Qu'elle nous autorisait à faire tout ce qui nous plairait. »

Et j'allumai mon cigare.

Paul reprit : «C'est tout ce qu'elle a dit ?

— Mon cher, si tu avais compté ses paroles, tu aurais remarqué qu'elle en a prononcé juste six, dont deux pour me faire comprendre qu'elle n'entendait pas le français. Il en reste donc quatre. Or, en quatre mots, on ne peut vraiment exprimer une quantité de choses. »

Paul semblait tout à fait malheureux, désappointé, désorienté.

Mais soudain l'Italienne me demanda de ce même ton mécontent qui lui paraissait naturel : «Savez-vous à quelle heure nous arriverons à Gênes ? »

Je répondis : «À onze heures du soir, madame. » Puis, après une minute de silence, je repris : «Nous allons également à Gênes, mon ami et moi, et si nous pouvions, pendant le trajet, vous être bons à quelque chose, croyez que nous en serions très heureux. »

Comme elle ne répondait pas, j'insistai : «Vous êtes seule, et si vous aviez besoin de nos services... » Elle articula un nouveau «*mica*» si dur que je me tus brusquement.

Paul demanda :

«Qu'est-ce qu'elle a dit ?

— Elle a dit qu'elle te trouvait charmant. »

Mais il n'était pas en humeur de plaisanterie ; et il me pria sèchement de ne point me moquer de lui. Alors, je traduisis et la question de la jeune femme et ma proposition galante si vertement repoussée.

Il était vraiment agité comme un écureuil en cage. Il dit : « Si nous pouvions savoir à quel hôtel elle descend, nous irions au même. Tâche donc de l'interroger adroitement, de faire naître une nouvelle occasion de lui parler. »

Ce n'était vraiment pas facile et je ne savais qu'inventer, désireux moi-même de faire connaissance avec cette personne difficile.

On passa Nice, Monaco, Menton, et le train s'arrêta à la frontière pour la visite des bagages.

Bien que j'aie en horreur les gens mal élevés qui déjeunent et dînent dans les wagons[1], j'allai acheter tout un chargement de provisions pour tenter un effort suprême sur la gourmandise de notre compagne. Je sentais bien que cette fille-là devait être, en temps ordinaire, d'abord aisé. Une contrariété quelconque la rendait irritable, mais il suffisait peut-être d'un rien, d'une envie éveillée, d'un mot, d'une offre bien faite pour la dérider, la décider et la conquérir.

On repartit. Nous étions toujours seuls tous les trois. J'étalai mes vivres sur la banquette, je découpai le poulet, je disposai élégamment les tranches de jambon sur un papier, puis j'arrangeai avec soin tout près de la jeune femme notre dessert : fraises, prunes, cerises, gâteaux et sucreries.

Quand elle vit que nous nous mettions à manger, elle tira à son tour d'un petit sac un morceau de chocolat et deux croissants et elle commença à croquer de ses belles dents aiguës le pain croustillant et la tablette.

Paul me dit à demi-voix :

« Invite-la donc !

– C'est bien mon intention, mon cher, mais le début n'est pas facile. »

---

1. Dans ses *Notes d'un voyageur*, Maupassant écrit en effet : « Je ne sais rien de plus commun, de plus grossier, de plus inconvenant, de plus mal appris, que de manger dans un wagon où se trouvent d'autres voyageurs. » Mais la jolie femme excuse tout, mais le repas joue ici un rôle capital. Il permet à Francesca de se révéler gourmande et vorace. Et l'on pense à *Tom Jones*, aux vertus érotiques de la nourriture partagée.

Cependant elle regardait parfois du côté de nos provisions et je sentis bien qu'elle aurait encore faim une fois finis ses deux croissants. Je la laissai donc terminer son dîner frugal, puis je lui demandai :

« Vous seriez tout à fait gracieuse, madame, si vous vouliez accepter un de ces fruits ? »

Elle répondit encore : « *mica* ! » mais d'une voix moins méchante que dans le jour, et j'insistai : « Alors, voulez-vous me permettre de vous offrir un peu de vin. Je vois que vous n'avez rien bu. C'est du vin de votre pays, du vin d'Italie, et puisque nous sommes maintenant chez vous, il nous serait fort agréable de voir une jolie bouche italienne accepter l'offre des Français, ses voisins. ».

Elle faisait « non » de la tête, doucement, avec la volonté de refuser, et avec le désir d'accepter, et elle prononça encore « *mica* », mais un « *mica* » presque poli. Je pris la petite bouteille vêtue de paille à la mode italienne ; j'emplis un verre et je le lui présentai.

« Buvez, lui dis-je, ce sera notre bienvenue dans votre patrie. »

Elle prit le verre d'un air mécontent et le vida d'un seul trait, en femme que la soif torture, puis elle me le rendit sans dire merci.

Alors, je lui présentai les cerises : « Prenez, madame, je vous en prie. Vous voyez bien que vous nous faites grand plaisir. »

Elle regardait de son coin tous les fruits étalés à côté d'elle et elle prononça si vite que j'avais grand peine à entendre : « *A me non piacciono ne le ciliegie ne le susine ; amo soltanto le fragole.* »

« Qu'est-ce qu'elle dit ? demanda Paul aussitôt.

— Elle dit qu'elle n'aime ni les cerises ni les prunes, mais seulement les fraises. »

Et je posai sur ses genoux le journal plein de fraises des bois. Elle se mit aussitôt à les manger très vite, les saisissant du bout des doigts et les lançant, d'un peu loin, dans sa bouche qui s'ouvrait pour les recevoir d'une façon coquette et charmante.

Quand elle eut achevé le petit tas rouge que nous avions vu en quelques minutes diminuer, fondre, disparaître sous le mouvement vif de ses mains, je lui demandai : « Et maintenant, qu'est-ce que je peux vous offrir ? »

Elle répondit : « Je veux bien un peu de poulet. »

Et elle dévora certes la moitié de la volaille qu'elle dépeçait à grands coups de mâchoire avec des allures de carnivore. Puis elle se décida à prendre des cerises, qu'elle n'aimait pas, puis des prunes, puis des gâteaux, puis elle dit : « C'est assez », et elle se blottit dans son coin.

Je commençais à m'amuser beaucoup et je voulus la faire manger encore, multipliant, pour la décider, les compliments et les offres. Mais elle redevint tout à coup furieuse et me jeta par la figure un « *mica* » répété si terrible que je ne me hasardai plus à troubler sa digestion.

Je me tournai vers mon ami : « Mon pauvre Paul, je crois que nous en sommes pour nos frais. »

La nuit venait, une chaude nuit d'été qui descendait lentement, étendait ses ombres tièdes sur la terre brûlante et lasse. Au loin, de place en place, par la mer, des feux s'allumaient sur les caps, au sommet des promontoires, et des étoiles aussi commençaient à paraître à l'horizon obscurci, et je les confondais parfois avec les phares.

Le parfum des orangers devenait plus pénétrant ; on le respirait avec ivresse, en élargissant les poumons pour le boire profondément. Quelque chose de doux, de délicieux, de divin semblait flotter dans l'air embaumé.

Et tout d'un coup, j'aperçus sous les arbres, le long de la voie, dans l'ombre toute noire maintenant, quelque chose comme une pluie d'étoiles. On eût dit des gouttes de lumière sautillant, voletant, jouant et courant dans les feuilles, des petits astres tombés du ciel pour faire une partie sur la terre. C'étaient des lucioles, ces mouches ardentes dansant dans l'air parfumé un étrange ballet de feu.

Une d'elles, par hasard, entra dans notre wagon et se mit à vagabonder jetant sa lueur intermittente, éteinte aussitôt qu'allumée. Je couvris de son voile bleu notre quinquet et je regardais la mouche fantastique aller, venir, selon les caprices de son vol enflammé. Elle se posa, tout à coup, dans les cheveux noirs de notre voisine assoupie après dîner. Et Paul demeurait en extase, les yeux fixés sur ce point brillant qui scintillait, comme un bijou vivant sur le front de la femme endormie.

L'Italienne se réveilla vers dix heures trois quarts, portant toujours dans sa coiffure la petite bête allumée. Je dis, en la voyant remuer : «Nous arrivons à Gênes, madame.» Elle murmura, sans me répondre, comme obsédée par une pensée fixe et gênante : «Qu'est-ce que je vais faire maintenant?»

Puis, tout d'un coup, elle me demanda :

«Voulez-vous que je vienne avec vous?»

Je demeurai tellement stupéfait que je ne comprenais pas.

«Comment, avec nous? Que voulez-vous dire?»

Elle répéta, d'un air de plus en plus furieux :

«Voulez-vous que j'aille avec vous tout de suite?

– Je veux bien, moi ; mais où désirez-vous aller? Où voulez-vous que je vous conduise?»

Elle haussa les épaules avec une indifférence souveraine.

«Où vous voudrez! Ça m'est égal.»

Elle répéta deux fois : «*Che mi fa?*»

«Mais, c'est que nous allons à l'hôtel?»

Elle dit du ton le plus méprisant : «Eh bien! allons à l'hôtel.»

Je me tournai vers Paul, et je prononçai :

«Elle demande si nous voulons qu'elle vienne avec nous.»

La surprise affolée de mon ami me fit reprendre mon sang-froid. Il balbutia :

«Avec nous? Où ça? Pourquoi? Comment?

– Je n'en sais rien, moi? Elle vient de me faire cette étrange proposition du ton le plus irrité. J'ai répondu que nous allions à l'hôtel ; elle a répliqué : "Eh bien, allons à l'hôtel!" Elle ne doit pas avoir le sou. C'est égal, elle a une singulière manière de faire connaissance.»

Paul, agité et frémissant s'écria : «Mais certes oui, je veux bien, dis-lui que nous l'emmenons où il lui plaira.» Puis il hésita une seconde et reprit d'une voix inquiète : «Seulement il faudrait savoir avec qui elle vient? Est-ce avec toi ou avec moi?»

Je me tournai vers l'Italienne qui ne semblait même pas nous écouter, retombée dans sa complète insouciance et je lui dis : «Nous serons très heureux, madame, de vous emmener avec nous. Seulement mon ami désirerait savoir si c'est mon bras ou le sien que vous voulez prendre comme appui ? »

Elle ouvrit sur moi ses grands yeux noirs et répondit avec une vague surprise : « *Che mi fa ?* »

Je m'expliquai : « On appelle en Italie, je crois, l'ami qui prend soin de tous les désirs d'une femme, qui s'occupe de toutes ses volontés et satisfait tous ses caprices, un *patito*. Lequel de nous deux voulez-vous pour votre patito ? »

Elle répondit sans hésiter : « Vous ! »

Je me retournai vers Paul : « C'est moi qu'elle choisit, mon cher, tu n'as pas de chance. »

Il déclara, d'un air rageur : « Tant mieux pour toi. »

Puis, après avoir réfléchi quelques minutes :

« Est-ce que tu tiens à emmener cette grue-là ? Elle va nous faire rater notre voyage. Que veux-tu que nous fassions de cette femme qui a l'air de je ne sais quoi ? On ne va seulement pas nous recevoir dans un hôtel comme il faut ! »

Mais je commençais justement à trouver l'Italienne beaucoup mieux que je ne l'avais jugée d'abord ; et je tenais, oui, je tenais à l'emmener maintenant. J'étais même ravi de cette pensée, et je sentais déjà ces petits frissons d'attente que la perspective d'une nuit d'amour vous font passer dans les veines.

Je répondis : « Mon cher, nous avons accepté. Il est trop tard pour reculer. Tu as été le premier à me conseiller de répondre : Oui. »

Il grommela : « C'est stupide ! Enfin, fais comme tu voudras. »

Le train sifflait, ralentissait ; on arriva.

Je descendis du wagon, puis je tendis la main à ma nouvelle compagne. Elle sauta lestement à terre, et je lui offris mon bras qu'elle eut l'air de prendre avec répugnance. Une fois les bagages reconnus et réclamés, nous voilà partis à travers la ville. Paul marchait en silence, d'un pas nerveux.

Je lui dis : « Dans quel hôtel allons-nous descendre ? Il est peut-être difficile d'aller à la *Cité de Paris* avec une femme, surtout avec cette Italienne. »

Paul m'interrompit : « Oui, avec une Italienne qui a

plutôt l'air d'une fille que d'une duchesse. Enfin, cela ne me regarde pas. Agis à ton gré ! »

Je demeurais perplexe. J'avais écrit à la *Cité de Paris* pour retenir notre appartement... et maintenant... je ne savais plus à quoi me décider.

Deux commissionnaires nous suivaient avec les malles. Je repris : « Tu devrais bien aller en avant. Tu dirais que nous arrivons. Tu laisserais, en outre, entendre au patron que je suis avec une... amie, et que nous désirons un appartement tout à fait séparé pour nous trois, afin de ne pas nous mêler aux autres voyageurs. Il comprendra, et nous nous déciderons d'après sa réponse. »

Mais Paul grommela : « Merci, ces commissions et ce rôle ne me vont guère. Je ne suis pas venu ici pour préparer tes appartements et tes plaisirs. »

Mais j'insistai : « Voyons, mon cher, ne te fâche pas. Il vaut mieux assurément descendre dans un bon hôtel que dans un mauvais, et ce n'est pas bien difficile d'aller demander au patron trois chambres séparées, avec salle à manger. »

J'appuyai sur trois, ce qui le décida.

Il prit donc les devants et je le vis entrer sous la grande porte d'un bel hôtel pendant que je demeurais de l'autre côté de la rue, traînant mon Italienne muette, et suivi pas à pas par les porteurs de colis.

Paul enfin revint, avec un visage aussi maussade que celui de ma compagne : « C'est fait, dit-il, on nous accepte ; mais il n'y a que deux chambres. Tu t'arrangeras comme tu pourras. »

Et je le suivis, honteux d'entrer en cette compagnie suspecte.

Nous avions deux chambres en effet, séparées par un petit salon. Je priai qu'on nous apportât un souper froid, puis je me tournai, un peu perplexe, vers l'Italienne.

« Nous n'avons pu nous procurer que deux chambres, madame, vous choisirez celle que vous voudrez. »

Elle répondit par un éternel : « *Che mi fa ?* » Alors je pris, par terre, sa petite caisse de bois noir, une vraie malle de domestique, et je la portai dans l'appartement de droite que je choisis pour elle... pour nous. Une main française[1] avait écrit sur un carré de papier collé « Mademoiselle Francesca Rondoli. Gênes. »

Je demandai : « Vous vous appelez Francesca ? »

Elle fit « oui » de la tête, sans répondre.

Je repris : « Nous allons souper tout à l'heure. En attendant, vous avez peut-être envie de faire votre toilette ? »

Elle répondit par un « *mica* », mot aussi fréquent dans sa bouche que le « *che mi fa* ». J'insistai : « Après un voyage en chemin de fer, il est si agréable de se nettoyer. »

Puis je pensai qu'elle n'avait peut-être pas les objets indispensables à une femme, car elle me paraissait assurément dans une situation singulière, comme au sortir de quelque aventure désagréable, et j'apportai mon nécessaire.

J'atteignis tous les petits instruments de propreté qu'il contenait : une brosse à ongles, une brosse à dents neuve, – car j'en emporte toujours avec moi un assortiment, – mes ciseaux, mes limes, des éponges. Je débouchai un flacon d'eau de Cologne, un flacon d'eau de lavande ambrée, un petit flacon de newmownhay, pour lui laisser le choix. J'ouvris ma boîte à poudre de riz où baignait la houppe légère. Je plaçai une de mes serviettes fines à cheval sur le pot à eau et je posai un savon vierge auprès de la cuvette.

Elle suivait mes mouvements de son œil large et fâché, sans paraître étonnée ni satisfaite de mes soins.

Je lui dis : « Voilà tout ce qu'il vous faut, je vous préviendrai quand le souper sera prêt. »

Et je rentrai dans le salon. Paul avait pris possession de l'autre chambre et s'était enfermé dedans, je restai donc seul à attendre.

---

1. La nouvelle paraît dans *L'Écho de Paris*, on descend dans le texte à l'hôtel de *La Cité de Paris* : l'Italie où nous mène Maupassant est singulièrement dépourvue d'Italiens, ce sont des touristes français que croiseront Pierre et Paul au cours de leurs promenades en compagnie de Francesca. Celle-ci, au jeu de la main chaude, n'aura fait que passer d'une « main française » entre celles de M. Bellemin, peintre à Paris. Après l'intermède de Pierre Jouvenet, « le Français de Francesca ».

Un garçon allait et venait, apportant les assiettes, les verres. Il mit la table lentement, puis posa dessus un poulet froid et m'annonça que j'étais servi.

Je frappai doucement à la porte de Mlle Rondoli. Elle cria : « Entrez. » J'entrai. Une suffoquante odeur de parfumerie me saisit, cette odeur violente, épaisse, des boutiques de coiffeurs.

L'Italienne était assise sur sa malle dans une pose de songeuse mécontente ou de bonne renvoyée. J'appréciai d'un coup d'œil ce qu'elle entendait par faire sa toilette. La serviette était restée pliée sur le pot à eau toujours plein. Le savon intact et sec demeurait auprès de la cuvette vide ; mais on eût dit que la jeune femme avait bu la moitié des flacons d'essence. L'eau de Cologne cependant avait été ménagée ; il ne manquait environ qu'un tiers de la bouteille ; elle avait fait, par compensation, une surprenante consommation d'eau de lavande ambrée et de newmownhay. Un nuage de poudre de riz, un vague brouillard blanc semblait encore flotter dans l'air, tant elle s'en était barbouillé le visage et le cou. Elle en portait une sorte de neige dans les cils, dans les sourcils et sur les tempes, tandis que ses joues en étaient plâtrées et qu'on en voyait des couches profondes dans tous les creux de son visage, sur les ailes du nez, dans la fossette du menton, aux coins des yeux.

Quand elle se leva, elle répandit une odeur si violente que j'eus une sensation de migraine.

Et on se mit à table pour souper. Paul était devenu d'une humeur exécrable. Je n'en pouvais tirer que des paroles de blâme, des appréciations irritées ou des compliments désagréables.

Mlle Francesca mangeait comme un gouffre. Dès qu'elle eut achevé son repas, elle s'assoupit sur le canapé. Cependant, je voyais venir avec inquiétude l'heure décisive de la répartition des logements. Je me résolus à brusquer les choses, et m'asseyant auprès de l'Italienne, je lui baisai la main avec galanterie.

Elle entr'ouvrit ses yeux fatigués, me jeta entre ses paupières soulevées un regard endormi et toujours mécontent.

Je lui dis : « Puisque nous n'avons que deux chambres,

voulez-vous me permettre d'aller avec vous dans la vôtre ? »

Elle répondit : « Faites comme vous voudrez. Ça m'est égal. – *Che mi fa ?* »

Cette indifférence me blessa : « Alors, ça ne vous est pas désagréable que j'aille avec vous ?

– Ça m'est égal, faites comme vous voudrez.

– Voulez-vous vous coucher tout de suite ?

– Oui, je veux bien ; j'ai sommeil. »

Elle se leva, bâilla, tendit la main à Paul qui la prit d'un air furieux, et je l'éclairai dans notre appartement.

Mais une inquiétude me hantait : « Voici, lui dis-je de nouveau, tout ce qu'il vous faut. »

Et j'eus soin de verser moi-même la moitié du pot à eau dans la cuvette et de placer la serviette près du savon.

Puis je retournai vers Paul. Il déclara dès que je fus rentré : « Tu as amené là un joli chameau ! » Je répliquai en riant : « Mon cher, ne dis pas de mal des raisins trop verts. »

Il reprit, avec une méchanceté sournoise : « Tu verras s'il t'en cuira, mon bon. »

Je tressaillis, et cette peur harcelante qui nous poursuit après les amours suspectes, cette peur qui nous gâte les rencontres charmantes, les caresses imprévues, tous les baisers cueillis à l'aventure, me saisit. Je fis le brave cependant : « Allons donc, cette fille-là n'est pas une rouleuse. »

Mais il me tenait, le gredin ! Il avait vu sur mon visage passer l'ombre de mon inquiétude :

« Avec ça que tu la connais ? Je te trouve surprenant ! Tu cueilles dans un wagon une Italienne qui voyage seule ; elle t'offre avec un cynisme vraiment singulier d'aller coucher avec toi dans le premier hôtel venu. Tu l'emmènes. Et tu prétends que ce n'est pas une fille ! Et tu te persuades que tu ne cours pas plus de danger ce soir que si tu allais passer la nuit dans le lit d'une... d'une femme atteinte de petite vérole. »[1]

Et il riait de son rire mauvais et vexé. Je m'assis, torturé

1. C'est évidemment la crainte d'un accident vénérien qui commande le passage (de même que les considérations sur le lit d'hôtel au début de la nouvelle ; de même que la description de la peau du petit André,

d'angoisse. Qu'allais-je faire ? Car il avait raison. Et un combat terrible se livrait en moi entre la crainte et le désir.

Il reprit : « Fais ce que tu voudras, je t'aurai prévenu ; tu ne te plaindras point des suites. »

Mais je vis dans son œil une gaîté si ironique, un tel plaisir de vengeance, il se moquait si gaillardement de moi que je n'hésitai plus. Je lui tendis la main. « Bonsoir, lui dis-je.

À vaincre sans péril, on triomphe sans gloire.

Et, ma foi, mon cher, la victoire vaut le danger. »

Et j'entrai d'un pas ferme dans la chambre de Francesca.

Je demeurai sur la porte, surpris, émerveillé. Elle dormait déjà, toute nue, sur le lit. Le sommeil l'avait surprise comme elle venait de se dévêtir ; et elle reposait dans la pose charmante de la grande femme du Titien.

Elle semblait s'être couchée par lassitude, pour ôter ses bas, car ils étaient restés sur le drap ; puis elle avait pensé à quelque chose, sans doute à quelque chose d'agréable, car elle avait attendu un peu avant de se relever, pour laisser s'achever sa rêverie, puis, fermant doucement les yeux, elle avait perdu connaissance. Une chemise de nuit, brodée au col, achetée toute faite dans un magasin de confection, luxe de débutante, gisait sur une chaise.

Elle était charmante, jeune, ferme et fraîche.

Quoi de plus joli qu'une femme endormie ? Ce corps, dont tous les contours sont doux, dont toutes les courbes séduisent, dont toutes les molles saillies troublent le cœur, semble fait pour l'immobilité du lit. Cette ligne onduleuse qui se creuse au flanc, se soulève à la hanche, puis descend la pente légère et gracieuse de la jambe pour finir si coquettement au bout du pied ne se dessine vraiment avec tout son charme exquis, qu'allongée sur les draps d'une couche.

J'allais oublier, en une seconde, les conseils prudents de mon camarade ; mais soudain, m'étant tourné vers la toilette, je vis toutes choses dans l'état où je les avais laissées ;

« une sorte de lèpre », dans *Le Mal d'André*). Essentielle *Syphilis* dans la vie et l'œuvre de Maupassant, comme immanente.

et je m'assis, tout à fait anxieux, torturé par l'irréso-
lution.

Certes, je suis resté là longtemps, fort longtemps, une
heure peut-être, sans me décider à rien, ni à l'audace ni à
la fuite. La retraite d'ailleurs m'était impossible, et il me
fallait soit passer la nuit sur un siège, soit me coucher à
mon tour, à mes risques et périls.

Quant à dormir ici ou là, je n'y devais pas songer, j'avais
la tête trop agitée, et les yeux trop occupés.

Je remuais sans cesse, vibrant, enfiévré, mal à l'aise,
énervé à l'excès. Puis je me fis un raisonnement de capi-
tulard : «Ça ne m'engage à rien de me coucher. Je serai
toujours mieux, pour me reposer, sur un matelas que sur
une chaise.»

Et je me déshabillai lentement ; puis, passant par dessus
la dormeuse, je m'étendis contre la muraille, en offrant le
dos à la tentation.

Et je demeurai encore longtemps, fort longtemps sans
dormir.

Mais tout à coup, ma voisine se réveilla. Elle ouvrit des
yeux étonnés et toujours mécontents, puis s'étant aperçue
qu'elle était nue, elle se leva et passa tranquillement sa
chemise de nuit, avec autant d'indifférence que si je n'avais
pas été là.

Alors... ma foi... je profitai de la circonstance, sans
qu'elle parût d'ailleurs s'en soucier le moins du monde.
Et elle se rendormit placidement, la tête posée sur son bras
droit.

Et je me mis à méditer sur l'imprudence et la faiblesse
humaines. Puis je m'assoupis enfin.

Elle s'habilla de bonne heure, en femme habituée aux
travaux du matin. Le mouvement qu'elle fit en se levant
m'éveilla ; et je la guettai entre mes paupières à demi-
closes.

Elle allait, venait, sans se presser, comme étonnée de
n'avoir rien à faire. Puis elle se décida à se rapprocher de
la table de toilette et elle vida, en une minute, tout ce qui
restait de parfums dans mes flacons. Elle usa aussi de l'eau,
il est vrai, mais peu.

Puis quand elle se fut complètement vêtue, elle se rassit

sur sa malle, et, un genou dans ses mains, elle demeura songeuse.

Je fis alors semblant de l'apercevoir, et je dis : « Bonjour, Francesca. »

Elle grommela, sans paraître plus gracieuse que la veille : « Bonjour. »

Je demandai : « Avez-vous bien dormi ? »

Elle fit oui de la tête sans répondre ; et sautant à terre, je m'avançai pour l'embrasser.

Elle me tendit son visage d'un mouvement ennuyé d'enfant qu'on caresse malgré lui. Je la pris alors tendrement dans mes bras (le vin étant tiré, j'eus été bien sot de n'en plus boire) et je posai lentement mes lèvres sur ses grands yeux fâchés qu'elle fermait, avec ennui, sous mes baisers, sur ses joues claires, sur ses lèvres charnues qu'elle détournait.

Je lui dis : « Vous n'aimez donc pas qu'on vous embrasse ? »

Elle répondit : « *Mica.* »

Je m'assis sur la malle à côté d'elle, et passant mon bras sous le sien : « *Mica ! mica ! mica !* pour tout. Je ne vous appellerai plus que mademoiselle Mica. »

Pour la première fois, je crus voir sur sa bouche une ombre de sourire, mais il passa si vite que j'ai bien pu me tromper.

« Mais si vous répondez toujours « *mica* » je ne saurai plus quoi tenter pour vous plaire. Voyons, aujourd'hui, qu'est-ce que nous allons faire ? »

Elle hésita comme si une apparence de désir eût traversé sa tête, puis elle prononça nonchalamment : « Ça m'est égal, ce que vous voudrez.

— Eh bien, mademoiselle Mica, nous prendrons une voiture et nous irons nous promener. »

Elle murmura : « Comme vous voudrez. »

Paul nous attendait dans la salle à manger avec la mine ennuyée des tiers dans les affaires d'amour. J'affectai une figure ravie et je lui serrai la main avec une énergie pleine d'aveux triomphants.

Il demanda : « Qu'est-ce que tu comptes faire ? »

Je répondis : « Mais nous allons d'abord parcourir un

peu la ville[1], puis nous pourrons prendre une voiture pour voir quelque coin des environs. »

Le déjeuner fut silencieux, puis on partit, par les rues, pour la visite des musées. Je traînai à mon bras Francesca de palais en palais. Nous parcourûmes le palais Spinola, le palais Doria, le palais Marcello Durazzo, le palais Rouge et le palais Blanc. Elle ne regardait rien ou bien levait parfois sur les chefs-d'œuvre son œil las et nonchalant. Paul exaspéré nous suivait en grommelant des choses désagréables. Puis une voiture nous promena par la campagne, muets tous les trois.

Puis on rentra pour dîner.

Et le lendemain ce fut la même chose, et le lendemain encore.

Paul, le troisième jour me dit : « Tu sais, je te lâche, moi, je ne vais pas rester trois semaines à te regarder faire l'amour avec cette grue-là ! »

Je demeurais fort perplexe, fort gêné, car, à ma grande surprise, je m'étais attaché à Francesca d'une façon singulière. L'homme est faible et bête, entraînable pour un rien, et lâche toutes les fois que ses sens sont excités ou domptés. Je tenais à cette fille que je ne connaissais point, à cette fille taciturne et toujours mécontente. J'aimais sa figure

---

1. « Une belle ville, une vraie belle ville, c'est Gênes ; on marche sur le marbre ; tout est en marbre ; escaliers, balcons, palais », écrivait Flaubert en 1845. Tandis que, dans *Aux couleurs de Rome*, Valéry Larbaud à son tour célébrera la perle de la Ligurie : « Elle vous donne Gênes, annales de sa grandeur, épopée, rêve de pierre, Gênes vivante, exaltante, autour de vous, et telle, que de la voir, d'y marcher, l'homme s'éprouve ennobli, décorateur de la terre, souverain des mers, héritier des Amériques. » Maupassant, singulièrement, en expédie la visite. Errance dans un dédale labyrinthique, traversée de sombres corridors qui laissent voir « à peine le ciel » (où Larbaud note « de profonds corridors ombreux sous un ciel divisé en beaucoup de segments d'azur ») : pris dans les « liens mystérieux de l'amour bestial », à la recherche de quel Minotaure Pierre Jouvenet se laisse-t-il ici entraîner ?...

C'est qu'il faudrait aux yeux de Maupassant distinguer l'entrée du port et l'entrée de la ville : « Une des plus belles choses qu'on puisse voir au monde : Gênes, de la haute mer » (*La Vie errante*, « La côte italienne »). Le point de vue, comme il arrive si souvent dans l'œuvre de Maupassant, a bientôt complètement basculé : « Si rien n'est plus joli que l'entrée de ce port, rien n'est plus sale que l'entrée de cette ville. Le boulevard du Quai est un marais d'ordures, et les rues étroites, originales, enfermées comme des corridors entre deux lignes tortueuses de maisons

grogneuse, la moue de sa bouche, l'ennui de son regard ; j'aimais ses gestes fatigués, ses consentements méprisants, jusqu'à l'indifférence de sa caresse. Un lien secret, ce lien mystérieux de l'amour bestial, cette attache secrète de la possession qui ne rassasie pas, me retenait près d'elle. Je le dis à Paul, tout franchement. Il me traita d'imbécile, puis me dit : «Eh bien, emmène-la. »

Mais elle refusa obstinément de quitter Gênes sans vouloir expliquer pourquoi. J'employai les prières, les raisonnements, les promesses ; rien n'y fit.

Et je restai.

Paul déclara qu'il allait partir tout seul. Il fit même sa malle, mais il resta également.

Et quinze jours se passèrent encore.

Francesca, toujours silencieuse et d'humeur irritée, vivait à mon côté plutôt qu'avec moi, répondant à tous mes désirs, à toutes mes demandes, à toutes mes propositions par son éternel «*che mi fa*» ou par son non moins éternel «*mica*».

Mon ami ne dérageait plus. À toutes ses colères, je répondais : «Tu peux t'en aller si tu t'ennuies. Je ne te retiens pas.»

Alors il m'injuriait, m'accablait de reproches, s'écriait : «Mais où veux-tu que j'aille maintenant ? Nous pouvons disposer de trois semaines, et voilà quinze jours passés ! Ce n'est pas à présent que je peux continuer ce voyage ! Et puis, comme si j'allais partir tout seul pour Venise, Florence et Rome ! Mais tu me le paieras, et plus que tu ne penses. On ne fait pas venir un homme de Paris pour l'enfermer dans un hôtel de Gênes avec une rouleuse italienne !»

démesurément hautes, soulèvent incessamment le cœur par leurs pestilentielles émanations. » C'est ainsi qu'après avoir admiré quelques antiques demeures, quelques tableaux, il ne restera plus au voyageur qu'à visiter «le Campo-Santo, cimetière moderne, musée de sculpture funèbre le plus bizarre, le plus surprenant, le plus macabre et le plus comique peut-être, qui soit au monde».

Comme si, pour qui a choisi *la vie errante*, mettre pied à terre, abandonner le point de vue de la haute mer, ne pouvait que conduire, à travers quelques corridors, à la présence de la mort.

Différente est, bien sûr, la logique des *Sœurs Rondoli* : c'est ici Francesca qui occupe l'œil ; c'est par le *Rapide* que le narrateur fait son entrée dans la ville.

Je lui disais tranquillement : « Eh bien, retourne à Paris, alors. » Et il vociférait : « C'est ce que je vais faire, et pas plus tard que demain. »

Mais le lendemain il restait comme la veille, toujours furieux et jurant.

On nous connaissait maintenant par les rues, où nous errions du matin au soir, par les rues étroites et sans trottoirs de cette ville qui ressemble à un immense labyrinthe de pierre, percé de corridors pareils à des souterrains. Nous allions dans ces passages où soufflent de furieux courants d'air, dans ces traverses resserrées entre les murailles si hautes, que l'on voit à peine le ciel. Des Français parfois se retournaient, étonnés de reconnaître des compatriotes en compagnie de cette fille ennuyée aux toilettes voyantes, dont l'allure vraiment semblait singulière, déplacée entre nous, compromettante.

Elle allait appuyée à mon bras, ne regardant rien. Pourquoi restait-elle avec moi, avec nous, qui paraissions lui donner si peu d'agrément ? Qui était-elle ? D'où venait-elle ? Que faisait-elle ? Avait-elle un projet, une idée ? Ou bien vivait-elle, à l'aventure, de rencontres et de hasards ? Je cherchais en vain à la comprendre, à la pénétrer, à l'expliquer. Plus je la connaissais, plus elle m'étonnait, m'apparaissait comme une énigme. Certes, elle n'était point une drôlesse, faisant profession de l'amour. Elle me paraissait plutôt quelque fille de pauvres gens, séduite, emmenée, puis lâchée et perdue maintenant. Mais que comptait-elle devenir ? Qu'attendait-elle ? car elle ne semblait nullement s'efforcer de me conquérir ou de tirer de moi quelque profit bien réel.

J'essayai de l'interroger, de lui parler de son enfance, de sa famille. Elle ne me répondit pas. Et je demeurais avec elle, le cœur libre et la chair tenaillée, nullement las de la tenir en mes bras, cette femelle hargneuse et superbe, accouplé comme une bête, pris par les sens ou plutôt séduit, vaincu par une sorte de charme sensuel, un charme jeune, sain, puissant qui se dégageait d'elle, de sa peau savoureuse, des lignes robustes de son corps.

Huit jours encore s'écoulèrent. Le terme de mon voyage approchait car je devais être rentré à Paris le 11 juillet. Paul, maintenant, prenait à peu près son parti de l'aventure, tout en m'injuriant toujours. Quant à moi, j'inventais des plaisirs, des distractions, des promenades pour amuser ma maîtresse et mon ami ; je me donnais un mal infini.

Un jour, je leur proposai une excursion à Santa Margarita[1]. La petite ville charmante, au milieu de jardins, se cache au pied d'une côte qui s'avance au loin dans la mer jusqu'au village de Portofino. Nous suivions tous trois l'admirable route qui court le long de la montagne. Francesca soudain me dit : « Demain, je ne pourrai pas me promener avec vous. J'irai voir mes parents. »

Puis elle se tut. Je ne l'interrogeai pas, sûr qu'elle ne me répondrait point.

Elle se leva en effet, le lendemain, de très bonne heure. Puis, comme je restais couché, elle s'assit sur le pied de mon lit, et prononça, d'un air gêné, contrarié, hésitant : « Si je ne suis pas revenue ce soir, est-ce que vous viendrez me chercher ? »

Je répondis : « Mais oui, certainement. Où faut-il aller ? »

Elle m'expliqua : « Vous irez dans la rue Victor-Emmanuel, puis vous prendrez le passage Falcone et la traverse Saint-Raphaël, vous entrerez dans la maison du marchand de mobilier, dans la cour, tout au fond, dans le bâtiment qui est à droite, et vous demanderez Mme Rondoli. C'est là. »

Et elle partit. Je demeurai fort surpris.

En me voyant seul, Paul, stupéfait, balbutia : « Où donc est Francesca ? » Et je lui racontai ce qui venait de se passer.

Il s'écria : « Eh bien, mon cher, profite de l'occasion et filons. Aussi bien voilà notre temps fini. Deux jours de plus ou de moins ne changent rien. En route, en route, fais ta malle. En route ! »

Je refusai : « Mais non mon cher, je ne puis vraiment

1. En octobre 1889, Maupassant écrit à Lucie Le Poittevin de Santa Margarita où il a trouvé refuge pour travailler : « J'ai un appartement au premier étage d'une grande maison d'où je vois d'un côté vingt lieues de côtes avec des villages blancs au bord de la mer, d'autres sur la montagne. Par derrière, mes fenêtres ouvrent sur les bois d'oliviers et de pins [...]. » Le pays est « un des plus jolis pays que je connaisse » ; quant aux promenades, je n'en ai jamais fait d'aussi imprévues, d'aussi variées, d'aussi ravissantes qu'ici »... Maupassant cherche alors à oublier les heures terribles passées à l'asile de Bron, où il a conduit son frère Hervé.

lâcher cette fille d'une pareille façon, après être resté près de trois semaines avec elle. Il faut que je lui dise adieu, que je lui fasse accepter quelque chose ; non, je me conduirais là comme un saligaud. »

Mais il ne voulait rien entendre, il me pressait, me harcelait. Cependant je ne cédai pas.

Je ne sortis point de la journée, attendant le retour de Francesca. Elle ne revint point.

Le soir, au dîner, Paul triomphait : « C'est elle qui t'a lâché, mon cher. Ça, c'est drôle, c'est bien drôle. »

J'étais étonné, je l'avoue, et un peu vexé. Il me riait au nez, me raillait : « Le moyen n'est pas mauvais, d'ailleurs, bien que primitif. — Attendez-moi, je reviens. — Est-ce que tu vas l'attendre longtemps ? Qui sait ? Tu auras peut-être la naïveté d'aller la chercher à l'adresse indiquée : "Madame Rondoli, s'il vous plaît ? — Ce n'est pas ici, monsieur." Je parie que tu as envie d'y aller ? »

Je protestai : « Mais non, mon cher, et je t'assure que si elle n'est pas revenue demain matin, je pars à huit heures par l'express. Je serai resté vingt-quatre heures. C'est assez ; ma conscience sera tranquille. »

Je passai toute la soirée dans l'inquiétude, un peu triste, un peu nerveux. J'avais vraiment au cœur quelque chose pour elle. À minuit je me couchai. Je dormis à peine.

J'étais debout à six heures. Je réveillai Paul, je fis ma malle, et nous prenions ensemble, deux heures plus tard, le train pour la France.

III

Or, il arriva que l'année suivante, juste à la même époque[1], je fus saisi, comme on l'est par une fièvre périodique, d'un nouveau désir de voir l'Italie. Je me décidai tout de suite à entreprendre ce voyage, car la visite de Florence, Venise et Rome fait partie assurément de l'éducation d'un homme bien élevé. Cela donne d'ailleurs dans

---

1. On pense aux guillemots, au moment des amours : comme « les fils, les petits-fils, les descendants » des premiers guillemots, ces oiseaux migrateurs « reviennent encore ; ils reviendront toujours » (*La Roche aux guillemots*).

le monde une multitude de sujets de conversation et permet de débiter des banalités artistiques qui semblent toujours profondes.

Je partis seul cette fois, et j'arrivai à Gênes à la même heure que l'année précédente, mais sans aucune aventure de voyage. J'allai coucher au même hôtel; et j'eus par hasard la même chambre !

Mais à peine entré dans ce lit, voilà que le souvenir de Francesca, qui, depuis la veille d'ailleurs flottait vaguement dans ma pensée, me hanta avec une persistance étrange.

Connaissez-vous cette obsession d'une femme, longtemps après, quand on retourne aux lieux où on l'a aimée et possédée ?

C'est là une des sensations les plus violentes et les plus pénibles que je connaisse. Il semble qu'on va la voir entrer, sourire, ouvrir les bras. Son image, fuyante et précise, est devant vous, passe, revient et disparaît. Elle vous torture comme un cauchemar, vous tient, vous emplit le cœur, vous émeut les sens par sa présence irréelle. L'œil l'aperçoit; l'odeur de son parfum vous poursuit; on a sur les lèvres le goût de ses baisers, et la caresse de sa chair sur la peau. On est seul cependant, on le sait, on souffre du trouble singulier de ce fantôme évoqué. Et une tristesse lourde, navrante vous enveloppe. Il semble qu'on vient d'être abandonné pour toujours. Tous les objets prennent une signification désolante, jetant à l'âme, au cœur, une impression horrible d'isolement, de délaissement. Oh ! ne revoyez jamais la ville, la maison, la chambre, le bois, le jardin, le banc où vous avez tenu dans vos bras une femme aimée !

Enfin, pendant toute la nuit, je fus poursuivi par le souvenir de Francesca; et, peu à peu, le désir de la revoir entrait en moi, un désir confus d'abord, puis plus vif, puis aigu, brûlant. Et je me décidai à passer à Gênes la journée du lendemain, pour tâcher de la retrouver. Si je n'y parvenais point, je prendrais le train du soir.

Donc, le matin venu, je me mis à sa recherche. Je me rappelais parfaitement le renseignement qu'elle m'avait donné en me quittant : « Rue Victor-Emmanuel, – passage Falcone, – traverse Saint-Raphaël, – maison du marchand de mobilier, – au fond de la cour, le bâtiment à droite. »

Je trouvai tout cela non sans peine, et je frappai à la porte d'une sorte de pavillon délabré. Une grosse femme vint ouvrir, qui avait dû être fort belle, et qui n'était plus que fort sale. Trop grasse, elle gardait cependant une majesté de lignes remarquables. Ses cheveux dépeignés tombaient par mèches sur son front et sur ses épaules, et on voyait flotter, dans une vaste robe de chambre criblée de taches, tout son gros corps ballotant. Elle avait au cou un énorme collier doré, et, aux deux poignets, de superbes bracelets en filigrane de Gênes.

Elle demanda d'un air hostile : « Qu'est-ce que vous désirez ? »

Je répondis : « N'est-ce pas ici que demeure Mlle Francesca Rondoli ?

— Qu'est-ce que vous lui voulez ?

— J'ai eu le plaisir de la rencontrer l'année dernière, et j'aurais désiré la revoir. »

La vieille femme me fouillait de son œil méfiant : « Dites-moi où vous l'avez rencontrée ?

— Mais, ici-même, à Gênes !

— Comment vous appelez-vous ? »

J'hésitai une seconde, puis je dis mon nom. Je l'avais à peine prononcé que l'Italienne leva les bras comme pour m'embrasser : « Ah ! vous êtes le Français ; que je suis contente de vous voir ! Que je suis contente ! Mais, comme vous lui avez fait de la peine à la pauvre enfant. Elle vous a attendu un mois, monsieur, oui, un mois. Le premier jour, elle croyait que vous alliez venir la chercher. Elle voulait voir si vous l'aimiez ! Si vous saviez comme elle a pleuré quand elle a compris que vous ne viendriez pas. Oui, monsieur, elle a pleuré toutes ses larmes. Et puis, elle a été à l'hôtel. Vous étiez parti. Alors, elle a cru que vous faisiez votre voyage en Italie, et que vous alliez encore passer par Gênes, et que vous la chercheriez en retournant puisqu'elle n'avait pas voulu aller avec vous. Et elle a attendu, oui, monsieur, plus d'un mois ; et elle était bien triste, allez, bien triste. Je suis sa mère ! »

Je me sentis vraiment un peu déconcerté. Je repris cependant mon assurance et je demandai : « Est-ce qu'elle est ici en ce moment ?

— Non, monsieur, elle est à Paris, avec un peintre, un

garçon charmant qui l'aime, monsieur, qui l'aime d'un grand amour et qui lui donne tout ce qu'elle veut. Tenez, regardez ce qu'elle m'envoie, à moi sa mère. C'est gentil, n'est-ce pas ? »

Et elle me montrait, avec une animation toute méridionale, les gros bracelets de ses bras et le lourd collier de son cou. Elle reprit : « J'ai aussi deux boucles d'oreilles avec des pierres, et une robe de soie, et des bagues ; mais je ne les porte pas le matin, je les mets seulement sur le tantôt, quand je m'habille en toilette. Oh ! elle est très heureuse, monsieur, très heureuse. Comme elle sera contente quand je lui écrirai que vous êtes venu ! Mais entrez, monsieur, asseyez-vous. Vous prendrez bien quelque chose, entrez. »

Je refusais, voulant partir maintenant par le premier train. Mais elle m'avait saisi le bras et m'attirait en répétant : « Entrez donc, monsieur, il faut que je lui dise que vous êtes venu chez nous. »

Et je pénétrai dans une petite salle assez obscure, meublée d'une table et de quelques chaises.

Elle reprit : « Oh ! elle est très heureuse à présent, très heureuse. Quand vous l'avez rencontrée dans le chemin de fer, elle avait un gros chagrin. Son bon ami l'avait quittée à Marseille. Et elle revenait, la pauvre enfant. Elle vous a bien aimé tout de suite, mais elle était encore un peu triste, vous comprenez. Maintenant, rien ne lui manque ; elle m'écrit tout ce qu'elle fait. Il s'appelle M. Bellemin. On dit que c'est un grand peintre chez vous. Il l'a rencontrée en passant ici, dans la rue, oui, monsieur, dans la rue, et il l'a aimée tout de suite. Mais, vous boirez bien un verre de sirop ? Il est très bon. Est-ce que vous êtes tout seul cette année ? »

Je répondis : « Oui, je suis tout seul. »

Je me sentais gagné maintenant par une envie de rire qui grandissait, mon premier désappointement s'envolant devant les déclarations de Mme Rondoli mère. Il me fallut boire un verre de sirop.

Elle continuait : « Comment, vous êtes tout seul ? Oh ! que je suis fâchée alors que Francesca ne soit plus ici ; elle vous aurait tenu compagnie le temps que vous allez rester dans la ville. Ce n'est pas gai de se promener tout seul ; et elle le regrettera bien de son côté. »

Puis, comme je me levais, elle s'écria : « Mais si vous voulez que Carlotta aille avec vous ; elle connaît très bien les promenades. C'est mon autre fille, monsieur, la seconde. »

Elle prit sans doute ma stupéfaction pour un consentement, et se précipitant sur la porte intérieure, elle l'ouvrit et cria dans le noir d'un escalier invisible : « Carlotta ! Carlotta ! descends vite, viens tout de suite, ma fille chérie. »

Je voulus protester ; elle ne me le permit pas : « Non, elle vous tiendra compagnie ; elle est très douce, et bien plus gaie que l'autre ; c'est une bonne fille, une très bonne fille que j'aime beaucoup. »

J'entendais sur les marches un bruit de semelles de savates ; et une grande fille parut, brune, mince et jolie, mais dépeignée aussi, et laissant deviner, sous une vieille robe de sa mère, son corps jeune et svelte.

Mme Rondoli la mit aussitôt au courant de ma situation : « C'est le Français de Francesca, celui de l'an dernier, tu sais bien. Il venait la chercher ; il est tout seul, ce pauvre monsieur. Alors, je lui ai dit que tu irais avec lui pour lui tenir compagnie. »

Carlotta me regardait de ses beaux yeux bruns ; et elle murmura en se mettant à sourire : « S'il veut, je veux bien, moi. »

Comment aurais-je pu refuser ? Je déclarai : « Mais certainement que je veux bien. »

Alors, Mme Rondoli la poussa dehors : « Va t'habiller, bien vite, bien vite, tu mettras ta robe bleue et ton chapeau à fleurs, dépêche-toi. »

Dès que sa fille fut sortie, elle m'expliqua : « J'en ai encore deux autres, mais plus petites. Ça coûte cher, allez, d'élever quatre enfants ! Heureusement que l'aînée est tirée d'affaire à présent. »

Et puis elle me parla de sa vie, de son mari qui était mort employé du chemin de fer, et de toutes les qualités de sa seconde fille Carlotta.

Celle-ci revint, vêtue dans le goût de l'aînée, d'une robe voyante et singulière.

Sa mère l'examina de la tête aux pieds, la jugea bien à son gré, et nous dit : « Allez, maintenant, mes enfants. »

Puis, s'adressant à sa fille : « Surtout, ne rentre pas plus tard que dix heures, ce soir ; tu sais que la porte est fermée. »

Carlotta répondit : « Ne crains rien, maman. »

Elle prit mon bras, et me voilà errant avec elle par les rues comme avec sa sœur, l'année d'avant.

Je revins à l'hôtel pour déjeuner, puis j'emmenai ma nouvelle amie à Santa Margarita, refaisant la dernière promenade que j'avais faite avec Francesca.

Et, le soir, elle ne rentra pas, bien que la porte dût être fermée après dix heures.

Et pendant les quinze jours dont je pouvais disposer, je promenai Carlotta dans les environs de Gênes. Elle ne me fit pas regretter l'autre.

Je la quittai tout en larmes, le matin de mon départ, en lui laissant, avec un souvenir pour elle, quatre bracelets pour sa mère.

Et je compte, un de ces jours, retourner voir l'Italie, tout en songeant, avec une certaine inquiétude mêlée d'espoirs, que Mme Rondoli possède encore deux filles.

LA PATRONNE

Au docteur Baraduc.

J'habitais alors, dit Georges Kervelen, une maison meublée, rue des Saints-Pères.

Quand mes parents décidèrent que j'irais faire mon droit à Paris, de longues discussions eurent lieu pour régler toutes choses. Le chiffre de ma pension avait été d'abord fixé à deux mille cinq cents francs, mais ma pauvre mère fut prise d'une peur qu'elle exposa à mon père : « S'il allait dépenser mal tout son argent et ne pas prendre une nourriture suffisante, sa santé en souffrirait beaucoup. Ces jeunes gens sont capables de tout. »

Alors il fut décidé qu'on me chercherait une pension, une pension modeste et confortable, et que ma famille en payerait directement le prix, chaque mois.

Je n'avais jamais quitté Quimper. Je désirais tout ce qu'on désire à mon âge et j'étais disposé à vivre joyeusement, de toutes les façons.

Des voisins à qui on demanda conseil indiquèrent une compatriote, Mme Kergaran, qui prenait des pensionnaires. Mon père donc traita par lettres avec cette personne respectable, chez qui j'arrivai, un soir, accompagné d'une malle.

Mme Kergaran avait quarante ans environ. Elle était forte, très forte, parlait d'une voix de capitaine instructeur et décidait toutes les questions d'un mot net et définitif. Sa demeure tout étroite, n'ayant qu'une seule ouverture sur la rue, à chaque étage, avait l'air d'une échelle de fenêtres, ou bien encore d'une tranche de maison en sandwich entre deux autres.

La patronne habitait au premier avec sa bonne ; on faisait la cuisine et on prenait les repas au second ; quatre pensionnaires bretons logeaient au troisième et au quatrième. J'eus les deux pièces du cinquième.

Un petit escalier noir, tournant comme un tire-bouchon, conduisait à ces deux mansardes. Tout le jour, sans s'arrêter, Mme Kergaran montait et descendait cette spirale, occupée dans ce logis en tiroir comme un capitaine à son bord. Elle entrait dix fois de suite dans chaque appartement, surveillait tout avec un étonnant fracas de paroles, regardait si les lits étaient bien faits, si les habits étaient bien brossés, si le service ne laissait rien à désirer. Enfin, elle soignait ses pensionnaires comme une mère, mieux qu'une mère.

J'eus bientôt fait la connaissance de mes quatre compatriotes. Deux étudiaient la médecine, et les deux autres faisaient leur droit, mais tous subissaient le joug despotique de la patronne. Ils avaient peur d'elle, comme un maraudeur a peur du garde-champêtre.

Quant à moi, je sentis tout de suite des désirs d'indépendance, car je suis un révolté par nature. Je déclarai d'abord que je voulais rentrer à l'heure qui me plairait, car Mme Kergaran avait fixé minuit comme dernière limite. À cette prétention, elle planta sur moi ses yeux clairs pendant quelques secondes, puis elle déclara :

« Ce n'est pas possible. Je ne peux pas tolérer qu'on réveille Annette toute la nuit. Vous n'avez rien à faire dehors passé certaine heure. »

Je répondis avec fermeté : « D'après la loi, madame, vous êtes obligée de m'ouvrir à toute heure. Si vous le refusez, je le ferai constater par des sergents de ville et j'irai coucher à l'hôtel à vos frais, comme c'est mon droit. Vous serez donc contrainte de m'ouvrir ou de me renvoyer. La porte ou l'adieu. Choisissez. »

Je lui riais au nez en posant ces conditions. Après une première stupeur, elle voulut parlementer, mais je me montrai intraitable et elle céda. Nous convînmes que j'aurais un passe-partout, mais à la condition formelle que tout le monde l'ignorerait.

Mon énergie fit sur elle une impression salutaire et elle

me traita désormais avec une faveur marquée. Elle avait des attentions, des petits soins, des délicatesses pour moi, et même une certaine tendresse brusque qui ne me déplaisait point. Quelquefois, dans mes heures de gaieté, je l'embrassais par surprise, rien que pour la forte gifle qu'elle me lançait aussitôt. Quand j'arrivais à baisser la tête assez vite, sa main partie passait par dessus moi avec la rapidité d'une balle, et je riais comme un fou en me sauvant, tandis qu'elle criait : « Ah ! la canaille ! je vous revaudrai ça. »

Nous étions devenus une paire d'amis.

Mais voilà que je fis la connaissance, sur le trottoir, d'une fillette employée dans un magasin.

Vous savez ce que sont ces amourettes de Paris. Un jour, comme on allait à l'école, on rencontre une jeune personne en cheveux qui se promène au bras d'une amie avant de rentrer au travail. On échange un regard, et on sent en soi cette petite secousse que vous donne l'œil de certaines femmes. C'est là une des choses charmantes de la vie, ces rapides sympathies physiques que fait éclore une rencontre, cette légère et délicate séduction qu'on subit tout à coup au frôlement d'un être né pour vous plaire et pour être aimé de vous. Il sera aimé peu ou beaucoup, qu'importe ? Il est dans sa nature de répondre au secret désir d'amour de la vôtre. Dès la première fois que vous apercevez ce visage, cette bouche, ces cheveux, ce sourire, vous sentez leur charme entrer en vous avec une joie douce et délicieuse, vous sentez une sorte de bien-être heureux vous pénétrer, et l'éveil subit d'une tendresse encore confuse qui vous pousse vers cette femme inconnue. Il semble qu'il y ait en elle un appel auquel vous répondez, une attirance qui vous sollicite ; il semble qu'on la connaît depuis longtemps, qu'on l'a déjà vue, qu'on sait ce qu'elle pense.

Le lendemain, à la même heure, on repasse par la même rue. On la revoit. Puis on revient le jour suivant, et encore le jour suivant. On se parle enfin. Et l'amourette suit son cours, régulier comme une maladie.

Donc, au bout de trois semaines, j'en étais avec Emma à la période qui précède la chute. La chute même aurait eu lieu plus tôt, si j'avais su en quel endroit la provoquer. Mon amie vivait en famille et refusait avec une énergie singulière de franchir le seuil d'un hôtel meublé. Je me creusais la tête pour trouver un moyen, une ruse, une occasion. Enfin, je pris un parti désespéré et je me décidai à la faire monter chez moi, un soir, vers onze heures, sous prétexte d'une tasse de thé. Mme Kergaran se couchait tous les jours à dix heures. Je pourrais donc rentrer sans bruit au moyen de mon passe-partout, sans éveiller aucune attention. Nous redescendrions de la même manière au bout d'une heure ou deux.

Emma accepta mon invitation après s'être fait un peu prier.

Je passai une mauvaise journée. Je n'étais point tranquille. Je craignais des complications, une catastrophe, quelque épouvantable scandale. Le soir vint. Je sortis et j'entrai dans une brasserie où j'absorbai deux tasses de café et quatre ou cinq petits verres pour me donner du courage. Puis j'allai faire un tour sur le boulevard Saint-Michel. J'entendis sonner dix heures, dix heures et demie. Et je me dirigeai, à pas lents, vers le lieu de notre rendez-vous. Elle m'attendait déjà. Elle prit mon bras avec une allure câline et nous voilà partis, tout doucement, vers ma demeure. À mesure que j'approchais de la porte, mon angoisse allait croissant. Je pensais : «Pourvu que Mme Kergaran soit couchée. »

Je dis à Emma deux ou trois fois : «Surtout, ne faites point de bruit dans l'escalier. »

Elle se mit à rire : «Vous avez donc bien peur d'être entendu.

– Non, mais je ne veux pas réveiller mon voisin qui est gravement malade. »

Voici la rue des Saints-Pères. J'approche de mon logis avec cette appréhension qu'on a en se rendant chez un dentiste. Toutes les fenêtres sont sombres. On dort sans doute. Je respire. J'ouvre la porte avec des précautions de voleur. Je fais entrer ma compagne, puis je referme, et je monte l'escalier sur la pointe des pieds en retenant mon souffle et en allumant des allumettes-bougies pour que la jeune fille ne fasse point quelque faux pas.

En passant devant la chambre de la patronne je sens que mon cœur bat à coups précipités. Enfin, nous voici au second étage, puis au troisième, puis au cinquième. J'entre chez moi. Victoire !

Cependant, je n'osais parler qu'à voix basse et j'ôtai mes bottines pour ne faire aucun bruit. Le thé, préparé sur une lampe à esprit-de-vin, fut bu sur le coin de ma commode. Puis je devins pressant... pressant..., et peu à peu, comme dans un jeu, j'enlevais un à un les vêtements de mon amie, qui cédait en résistant, rouge, confuse, retardant toujours l'instant fatal et charmant.

Elle n'avait plus, ma foi, qu'un court jupon blanc quand ma porte s'ouvrit d'un seul coup, et Mme Kergaran parut, une bougie à la main, exactement dans le même costume qu'Emma.

J'avais fait un bond loin d'elle et je restais debout effaré, regardant les deux femmes qui se dévisageaient. Qu'allait-il se passer ?

La patronne prononça d'un ton hautain que je ne lui connaissais pas : «Je ne veux pas de filles dans ma maison, monsieur Kervelen. »

Je balbutiai : «Mais, madame Kergaran, mademoiselle n'est que mon amie. Elle venait prendre une tasse de thé. »

La grosse femme reprit : «On ne se met pas en chemise pour prendre une tasse de thé. Vous allez faire partir tout de suite cette personne. »

Emma, consternée, commençait à pleurer en se cachant la figure dans sa jupe. Moi, je perdais la tête, ne sachant que faire ni que dire. La patronne ajouta avec une irrésistible autorité : «Aidez mademoiselle à se rhabiller et reconduisez-la tout de suite. »

Je n'avais pas autre chose à faire, assurément, et je ramassai la robe tombée en rond, comme un ballon crevé, sur le parquet, puis je la passai sur la tête de la fillette, et je m'efforçai de l'agrafer, de l'ajuster, avec une peine infinie. Elle m'aidait, en pleurant toujours, affolée, se hâtant, faisant toutes sortes d'erreurs, ne sachant plus retrouver les cordons ni les boutonnières ; et Mme Kergaran impassible, debout, sa bougie à la main, nous éclairait dans une pose sévère de justicier.

Emma maintenant précipitait ses mouvements, se couvrait éperdument, nouait, épinglait, laçait, rattachait avec furie, harcelée par un impérieux besoin de fuir ; et sans même boutonner ses bottines, elle passa en courant devant la patronne et s'élança dans l'escalier. Je la suivais en savates, à moitié dévêtu moi-même, répétant : « Mademoiselle, écoutez, mademoiselle. »

Je sentais bien qu'il fallait lui dire quelque chose, mais je ne trouvais rien. Je la rattrapai juste à la porte de la rue, et je voulus lui prendre le bras, mais elle me repoussa violemment, balbutiant d'une voix basse et nerveuse : « Laissez-moi... laissez-moi, ne me touchez pas. »

Et elle se sauva dans la rue en refermant la porte derrière elle.

Je me retournai. Mme Kergaran était restée au haut du premier étage, et je remontai les marches à pas lents, m'attendant à tout, et prêt à tout.

La chambre de la patronne était ouverte, elle m'y fit entrer en prononçant d'un ton sévère : « J'ai à vous parler, monsieur Kervelen. »

Je passai devant elle en baissant la tête. Elle posa sa bougie sur la cheminée puis, croisant ses bras sur sa puissante poitrine que couvrait mal une fine camisole blanche :

« Ah ça, monsieur Kervelen, vous prenez donc ma maison pour une maison publique ! »

Je n'étais pas fier. Je murmurai : « Mais non, madame Kergaran. Il ne faut pas vous fâcher, voyons, vous savez bien ce que c'est qu'un jeune homme. »

Elle répondit : « Je sais que je ne veux pas de créatures chez moi, entendez-vous. Je sais que je ferai respecter mon toit, et la réputation de ma maison, entendez-vous ? Je sais... »

Elle parla pendant vingt minutes au moins, accumulant les raisons sur les indignations, m'accablant sous l'honorabilité de sa *maison*[1], me lardant de reproches mordants.

Moi (l'homme est un singulier animal), au lieu de l'écouter, je la regardais. Je n'entendais plus un mot, mais plus un mot. Elle avait une poitrine superbe, la gaillarde, ferme, blanche et grasse, un peu grosse peut-être, mais

---

1. L'insistance de la patronne sur l'honorabilité de sa *maison* ne peut manquer de nous remettre en mémoire la très respectable *maison Tellier*. D'autant plus que Mme Tellier et Mme Kergaran, l'une et l'autre patronnes, ont bien des traits physiques en commun, présentent les mêmes avantages.

tentante à faire passer des frissons dans le dos. Je ne me serais jamais douté vraiment qu'il y eût de pareilles choses sous la robe de laine de la patronne. Elle semblait rajeunie de dix ans, en déshabillé. Et voilà que je me sentais tout drôle, tout... Comment dirai-je ?... tout remué. Je retrouvais brusquement devant elle ma situation... interrompue un quart d'heure plus tôt dans ma chambre.

Et, derrière elle, là-bas, dans l'alcôve, je regardais son lit. Il était entr'ouvert, écrasé, montrant, par le trou creusé dans les draps la pesée du corps qui s'était couché là. Et je pensais qu'il devait faire très bon et très chaud là-dedans, plus chaud que dans un autre lit. Pourquoi plus chaud ? Je n'en sais rien, sans doute à cause de l'opulence des chairs qui s'y étaient reposées.

Quoi de plus troublant et de plus charmant qu'un lit défait ? Celui-là me grisait, de loin, me faisait courir des frémissements sur la peau.

Elle parlait toujours, mais doucement maintenant, elle parlait en amie rude et bienveillante qui ne demande plus qu'à pardonner.

Je balbutiai : « Voyons... voyons... madame Kergaran... voyons... » Et comme elle s'était tue pour attendre ma réponse, je la saisis dans mes deux bras et je me mis à l'embrasser, mais à l'embrasser comme un affamé, comme un homme qui attend ça depuis longtemps.

Elle se débattait, tournait la tête, sans se fâcher trop fort, répétant machinalement selon son habitude : « Oh ! la canaille... la canaille... la ca... »

Elle ne put pas achever le mot, je l'avais enlevée d'un effort, et je l'emportais, serrée contre moi. On est rudement vigoureux, allez, en certains moments !

Je rencontrai le bord du lit, et je tombai dessus sans la lâcher...

Il y faisait en effet fort bon et fort chaud dans son lit.

Une heure plus tard, la bougie s'étant éteinte, la patronne se leva pour allumer l'autre. Et comme elle revenait se glisser à mon côté, enfonçant sous les draps sa jambe ronde et forte, elle prononça d'une voix câline, satisfaite, reconnaissante peut-être : « Oh !... la canaille !... la canaille !... »

LE PETIT FÛT

À Adolphe Tavernier.

Maître Chicot, l'aubergiste d'Épreville, arrêta son tilbury devant la ferme de la mère Magloire. C'était un grand gaillard de quarante ans, rouge et ventru, et qui passait pour malicieux.

Il attacha son cheval au poteau de la barrière, puis il pénétra dans la cour. Il possédait un bien attenant aux terres de la vieille, qu'il convoitait depuis longtemps. Vingt fois il avait essayé de les acheter, mais la mère Magloire s'y refusait avec obstination.

« J'y sieus née, j'y mourrai », disait-elle.

Il la trouva épluchant des pommes de terre devant sa porte. Âgée de soixante-douze ans, elle était sèche, ridée, courbée, mais infatigable comme une jeune fille. Chicot lui tapa dans le dos avec amitié, puis s'assit près d'elle sur un escabeau.

« Eh bien ! la mère, et c'te santé, toujours bonne ?

— Pas trop mal, et vous, maît' Prosper ?

— Eh ! eh ! quéques douleurs ; sans ça, ce s'rait à satisfaction.

— Allons, tant mieux ! »

Et elle ne dit plus rien. Chicot la regardait accomplir sa besogne. Ses doigts crochus, noués, durs comme des pattes de crabe, saisissaient à la façon de pinces les tubercules grisâtres dans une manne, et vivement elle les faisait tourner, enlevant de longues bandes de peau sous la lame d'un vieux couteau qu'elle tenait de l'autre main. Et, quand la

pomme de terre était devenue toute jaune, elle la jetait
dans un seau d'eau. Trois poules hardies s'en venaient
l'une après l'autre jusque dans ses jupes ramasser les
épluchures, puis se sauvaient à toutes pattes, portant au
bec leur butin.

Chicot semblait gêné, hésitant, anxieux, avec quelque
chose sur la langue qui ne voulait pas sortir. À la fin, il
se décida :

« Dites donc, mère Magloire...

— Qué qu'i a pour votre service ?

— C'te ferme, vous n' voulez toujours point m' la vendre ?

— Pour ça, non. N'y comptez point. C'est dit, c'est dit,
n'y r'venez pas.

— C'est qu'j'ai trouvé un arrangement qui f'rait notre
affaire à tous les deux.

— Qué qu'c'est ?

— Le v'là. Vous m' la vendez, et pi vous la gardez tout
d' même. Vous n'y êtes point ? Suivez ma raison. »

La vieille cessa d'éplucher ses légumes et fixa sur
l'aubergiste ses yeux vifs sous leurs paupières fripées.

Il reprit :

« Je m'explique. J' vous donne, chaque mois cent cinquante francs. Vous entendez bien : chaque mois j' vous
apporte ici, avec mon tilbury, trente écus de cent sous. Et
pi n'y a rien de changé de plus, rien de rien ; vous restez
chez vous, vous n' vous occupez point de mé, vous n' me
d'vez rien. Vous n' faites que prendre mon argent. Ça vous
va-t-il ? »

Il la regardait d'un air joyeux, d'un air de bonne humeur.

La vieille le considérait avec méfiance, cherchant le
piège. Elle demanda :

« Ça, c'est pour mé ; mais pour vous, c'te ferme, ça
n' vous la donne point ? »

Il reprit :

« N' vous tracassez point de ça. Vous restez tant que
l' bon Dieu vous laissera vivre. Vous êtes chez vous.
Seulement vous m' ferez un p'tit papier chez l' notaire
pour qu'après vous ça me revienne. Vous n'avez point
d'éfants, rien qu'des neveux que vous n'y tenez guère. Ça
vous va-t-il ? Vous gardez votre bien votre vie durant, et

j'vous donne trente écus de cent sous par mois. C'est tout gain pour vous. »

La vieille demeurait surprise, inquiète, mais tentée. Elle répliqua :

« Je n'dis point non. Seulement, j' veux m'faire une raison là-dessus. Rev'nez causer d' ça dans l' courant d' l'autre semaine. J' vous f'rai une réponse d' mon idée. »

Et maître Chicot s'en alla, content comme un roi qui vient de conquérir un empire.

La mère Magloire demeura songeuse. Elle ne dormit pas la nuit suivante. Pendant quatre jours, elle eut une fièvre d'hésitation. Elle flairait bien quelque chose de mauvais pour elle là-dedans, mais la pensée des trente écus par mois, de ce bel argent sonnant qui s'en viendrait couler dans son tablier, qui lui tomberait comme ça du ciel, sans rien faire, la ravageait de désir.

Alors elle alla trouver le notaire et lui conta son cas. Il lui conseilla d'accepter la proposition de Chicot, mais en demandant cinquante écus de cent sous au lieu de trente, sa ferme valant au bas mot soixante mille francs. »

« Si vous vivez quinze ans, disait le notaire, il ne la payera encore, de cette façon, que quarante-cinq mille francs. »

La vieille frémit à cette perspective de cinquante écus de cent sous par mois ; mais elle se méfiait toujours, craignant mille choses imprévues, des ruses cachées, et elle demeura jusqu'au soir à poser des questions, ne pouvant se décider à partir. Enfin elle ordonna de préparer l'acte, et elle rentra troublée comme si elle eût bu quatre pots de cidre nouveau.

Quand Chicot vint pour savoir la réponse, elle se fit longtemps prier, déclarant qu'elle ne voulait pas, mais rongée par la peur qu'il ne consentît point à donner les cinquante pièces de cent sous. Enfin, comme il insistait, elle énonça ses prétentions.

Il eut un sursaut de désappointement et refusa.

Alors, pour le convaincre, elle se mit à raisonner sur la durée probable de sa vie.

« Je n'en ai pas pour pu de cinq à six ans pour sûr. Me v'là sur mes soixante-treize, et pas vaillante avec ça. L'aut'e soir, je crûmes que j'allais passer. Il me semblait qu'on me vidait l' corps, qu'il a fallu me porter à mon lit. »

Mais Chicot ne se laissait pas prendre.

« Allons, allons, vieille pratique, vous êtes solide comme l' clocher d' l'église. Vous vivrez pour le moins cent dix ans. C'est vous qui m'enterrerez, pour sûr. »

Tout le jour fut encore perdu en discussions. Mais, comme la vieille ne céda pas, l'aubergiste, à la fin, consentit à donner les cinquante écus.

Ils signèrent l'acte le lendemain. Et la mère Magloire exigea dix écus de pots-de-vin.

Trois ans s'écoulèrent. La bonne femme se portait comme un charme. Elle paraissait n'avoir pas vieilli d'un jour, et Chicot se désespérait. Il lui semblait, à lui, qu'il payait cette rente depuis un demi-siècle, qu'il était trompé, floué, ruiné. Il allait de temps en temps rendre visite à la fermière, comme on va voir, en juillet, dans les champs, si les blés sont mûrs pour la faux. Elle le recevait avec une malice dans le regard. On eût dit qu'elle se félicitait du bon tour qu'elle lui avait joué ; et il remontait bien vite dans son tilbury en murmurant :

« Tu ne crèveras donc point, carcasse ! »

Il ne savait que faire. Il eût voulu l'étrangler en la voyant. Il la haïssait d'une haine féroce, sournoise, d'une haine de paysan volé.

Alors il chercha des moyens.

Un jour enfin, il s'en revint la voir en se frottant les mains, comme il faisait la première fois lorsqu'il lui avait proposé le marché.

Et, après avoir causé quelques minutes :

« Dites donc, la mère, pourquoi que vous ne v'nez point dîner à la maison, quand vous passez à Épreville ? On en jase ; on dit comme ça que j' sommes pu amis, et ça me fait deuil. Vous savez, chez mé, vous ne payerez point. J' suis pas regardant à un dîner. Tant que le cœur vous en dira, v'nez sans retenue, ça m' fera plaisir. »

La mère Magloire ne se le fit point répéter, et le surlendemain, comme elle allait au marché dans sa carriole conduite par son valet Célestin, elle mit sans gêne son cheval à l'écurie chez maître Chicot, et réclama le dîner promis.

L'aubergiste, radieux, la traita comme une dame, lui servit du poulet, du boudin, de l'andouille, du gigot et du lard aux choux. Mais elle ne mangea presque rien, sobre depuis son enfance, ayant toujours vécu d'un peu de soupe et d'une croûte de pain beurrée.

Chicot insistait, désappointé. Elle ne buvait pas non plus. Elle refusa de prendre du café.

Il demanda :

« Vous accepterez toujours bien un p'tit verre.

– Ah ! pour ça, oui. Je ne dis pas non. »

Et il cria de tous ses poumons, à travers l'auberge :

« Rosalie, apporte la fine, la surfine, le fil-en-dix. »

Et la servante apparut, tenant une longue bouteille ornée d'une feuille de vigne en papier.

Il emplit deux petits verres.

« Goûtez ça, la mère, c'est de la fameuse. »

Et la bonne femme se mit à boire tout doucement, à petites gorgées, faisant durer le plaisir. Quand elle eut vidé son verre, elle l'égoutta, puis déclara :

« Ça, oui, c'est de la fine. »

Elle n'avait point fini de parler que Chicot lui en versait un second coup. Elle voulut refuser, mais il était trop tard, et elle le dégusta longuement, comme le premier.

Il voulut alors lui faire accepter une troisième tournée, mais elle résista. Il insistait :

« Ça, c'est du lait, voyez-vous ; mé j'en bois dix, douze, sans embarras. Ça passe comme du sucre. Rien au ventre, rien à la tête ; on dirait que ça s'évapore sur la langue. Y a rien de meilleur pour la santé ! »

Comme elle en avait bien envie, elle céda, mais elle n'en prit que la moitié du verre.

Alors Chicot, dans un élan de générosité, s'écria :

« T'nez, puisqu'elle vous plaît, j' vas vous en donner un p'tit fût, histoire de vous montrer que j' sommes toujours une paire d'amis. »

La bonne femme ne dit pas non, et s'en alla, un peu grise.

Le lendemain, l'aubergiste entra dans la cour de la mère Magloire, puis tira du fond de sa voiture une petite barrique cerclée de fer. Puis il voulut lui faire goûter le contenu, pour prouver que c'était bien la même fine ; et, quand ils en eurent encore bu chacun trois verres, il déclara, en s'en allant :

« Et puis, vous savez, quand n'y en aura pu, y en a encore ; n' vous gênez point. Je n' suis pas regardant. Pu tôt que ce sera fini, pu que je serai content. »

Et il remonta dans son tilbury.

Il revint quatre jours plus tard. La vieille était devant sa porte, occupée à couper le pain de la soupe.

Il s'approcha, lui dit bonjour, lui parla dans le nez, histoire de sentir son haleine. Et il reconnut un souffle d'alcool. Alors son visage s'éclaira.

« Vous m'offrirez bien un verre de fil ? » dit-il.

Et ils trinquèrent deux ou trois fois.

Mais bientôt le bruit courut dans la contrée que la mère Magloire s'ivrognait toute seule. On la ramassait tantôt dans sa cuisine, tantôt dans sa cour, tantôt dans les chemins des environs, et il fallait la rapporter chez elle, inerte comme un cadavre.

Chicot n'allait plus chez elle, et, quand on lui parlait de la paysanne, il murmurait avec un visage triste :

« C'est-il pas malheureux, à son âge, d'avoir pris c't' habitude-là ? Voyez-vous, quand on est vieux, y a pas de ressource. Ça finira bien par lui jouer un mauvais tour ! »

Ça lui joua un mauvais tour, en effet. Elle mourut l'hiver suivant, vers la Noël, étant tombée, soûle, dans la neige.

Et maître Chicot hérita de la ferme, en déclarant :

« C'te manante, si alle s'était point boissonnée, alle en avait bien pour dix ans de plus. »

LUI ?

À *Pierre Decourcelle.*

Mon cher ami, tu n'y comprends rien ? et je le conçois. Tu me crois devenu fou ? Je le suis peut-être un peu, mais non pas pour les raisons que tu supposes.

Oui. Je me marie. Voilà.

Et pourtant mes idées et mes convictions n'ont pas changé. Je considère l'accouplement légal comme une bêtise. Je suis certain que huit maris sur dix sont cocus. Et ils ne méritent pas moins pour avoir eu l'imbécillité d'enchaîner leur vie, de renoncer à l'amour libre, la seule chose gaie et bonne au monde, de couper l'aile à la fantaisie qui nous pousse sans cesse à toutes les femmes, etc., etc. Plus que jamais je me sens incapable d'aimer une femme parce que j'aimerai toujours trop toutes les autres. Je voudrais avoir mille bras, mille lèvres et mille... tempéraments pour pouvoir étreindre en même temps une armée de ces êtres charmants et sans importance.

Et cependant je me marie.

J'ajoute que je ne connais guère ma femme de demain. Je l'ai vue seulement quatre ou cinq fois. Je sais qu'elle ne me déplaît point ; cela me suffit pour ce que j'en veux faire. Elle est petite, blonde et grasse. Après demain, je désirerai ardemment une femme grande, brune et mince.

Elle n'est pas riche. Elle appartient à une famille moyenne. C'est une jeune fille comme on en trouve à la grosse, bonnes à marier, sans qualités et sans défauts apparents, dans la bourgeoisie ordinaire. On dit d'elle : « Mlle Lajolle est bien gentille. » On dira demain : « Elle est fort gentille, Mme Raymon. » Elle appartient enfin à la légion des jeunes filles honnêtes « dont on est heureux de faire sa femme » jusqu'au jour où on découvre qu'on préfère justement toutes les autres femmes à celle qu'on a choisie.

Alors pourquoi me marier, diras-tu ?

J'ose à peine t'avouer l'étrange et invraisemblable raison qui me pousse à cet acte insensé.

Je me marie pour n'être pas seul !

Je ne sais comment dire cela, comment me faire comprendre. Tu auras pitié de moi, et tu me mépriseras, tant mon état d'esprit est misérable.

Je ne veux plus être seul, la nuit. Je veux sentir un être près de moi, contre moi, un être qui peut parler, dire quelque chose, n'importe quoi.

Je veux pouvoir briser son sommeil ; lui poser une question quelconque brusquement, une question stupide pour entendre une voix, pour sentir habitée ma demeure, pour sentir une âme en éveil, un raisonnement en travail, pour voir, allumant brusquement ma bougie, une figure humaine à mon côté..., parce que... parce que... (je n'ose pas avouer cette honte)... parce que j'ai peur, tout seul.

Oh ! tu ne me comprends pas encore.

Je n'ai pas peur d'un danger. Un homme entrerait, je le tuerais sans frissonner. Je n'ai pas peur des revenants ; je ne crois pas au surnaturel. Je n'ai pas peur des morts ; je crois à l'anéantissement définitif de chaque être qui disparaît !

Alors !... oui. Alors !... Eh bien ! j'ai peur de moi ! j'ai peur de la peur ; peur des spasmes de mon esprit qui s'affole, peur de cette horrible sensation de la terreur incompréhensible.

Ris si tu veux. Cela est affreux, inguérissable. J'ai peur des murs, des meubles, des objets familiers qui s'animent, pour moi, d'une sorte de vie animale. J'ai peur surtout du trouble horrible de ma pensée, de ma raison qui m'échappe brouillée, dispersée par une mystérieuse et invisible angoisse.

Je sens d'abord une vague inquiétude qui me passe dans l'âme et me fait courir un frisson sur la peau. Je regarde autour de moi. Rien ! Et je voudrais quelque chose ! Quoi ?

Quelque chose de compréhensible. Puisque j'ai peur uniquement parce que je ne comprends pas ma peur.

Je parle ! j'ai peur de ma voix. Je marche ! j'ai peur de l'inconnu de derrière la porte, de derrière le rideau, de dans l'armoire, de sous le lit. Et pourtant je sais qu'il n'y a rien nulle part.

Je me retourne brusquement parce que j'ai peur de ce qui est derrière moi, bien qu'il n'y ait rien et que je le sache.

Je m'agite, je sens mon effarement grandir ; et je m'enferme dans ma chambre ; et je m'enfonce dans mon lit, et je me cache sous mes draps ; et blotti, roulé comme une boule, je ferme les yeux désespérément, et je demeure ainsi pendant un temps infini avec cette pensée que ma bougie demeure allumée sur ma table de nuit et qu'il faudrait pourtant l'éteindre. Et je n'ose pas.

N'est-ce pas affreux, d'être ainsi ?

Autrefois je n'éprouvais rien de cela. Je rentrais tranquillement. J'allais et je venais en mon logis sans que rien troublât la sérénité de mon âme. Si l'on m'avait dit quelle maladie de peur invraisemblable, stupide et terrible, devait me saisir un jour, j'aurais bien ri ; j'ouvrais les portes dans l'ombre avec assurance ; je me couchais lentement, sans pousser les verrous, et je ne me relevais jamais au milieu des nuits pour m'assurer que toutes les issues de ma chambre étaient fortement closes.

Cela a commencé l'an dernier d'une singulière façon.

C'était en automne, par un soir humide. Quand ma bonne fut partie, après mon dîner, je me demandai ce que j'allais faire. Je marchai quelque temps à travers ma chambre. Je me sentais las, accablé sans raison, incapable de travailler, sans force même pour lire. Une pluie fine mouillait les vitres ; j'étais triste, tout pénétré par une de ces tristesses sans causes qui vous donnent envie de pleurer, qui vous font désirer de parler à n'importe qui pour secouer la lourdeur de notre pensée.

Je me sentais seul. Mon logis me paraissait vide comme il n'avait jamais été. Une solitude infinie et navrante m'entourait. Que faire ? Je m'assis. Alors une impatience nerveuse me courut dans les jambes. Je me relevai, et je me remis à marcher. J'avais peut-être aussi un peu de

fièvre, car mes mains, que je tenais rejointes derrière mon
dos, comme on fait souvent quand on se promène avec
lenteur, se brûlaient l'une à l'autre, et je le remarquai. Puis
soudain un frisson de froid me courut dans le dos. Je pensai
que l'humidité du dehors entrait chez moi, et l'idée de
faire du feu me vint. J'en allumai ; c'était la première fois
de l'année. Et je m'assis de nouveau en regardant la flamme.
Mais bientôt l'impossibilité de rester en place me fit encore
me relever, et je sentis qu'il fallait m'en aller, me secouer,
trouver un ami.

Je sortis. J'allai chez trois camarades que je ne rencontrai
pas ; puis, je gagnai le boulevard, décidé à découvrir une
personne de connaissance.

Il faisait triste partout. Les trottoirs trempés luisaient.

Une tiédeur d'eau, une de ces tiédeurs qui vous glacent
par frissons brusques, une tiédeur pesante de pluie impal-
pable accablait la rue, semblait lasser et obscurcir la flamme
du gaz.

J'allais d'un pas mou, me répétant : « Je ne trouverai
personne avec qui causer. »

J'inspectai plusieurs fois les cafés, depuis la Madeleine
jusqu'au faubourg Poissonnière. Des gens tristes, assis
devant des tables, semblaient n'avoir pas même la force
de finir leurs consommations.

J'errai longtemps ainsi, et vers minuit, je me mis en
route pour rentrer chez moi. J'étais fort calme, mais fort
las. Mon concierge, qui se couche avant onze heures,
m'ouvrit tout de suite, contrairement à son habitude ; et je
pensai : « Tiens, un autre locataire vient sans doute de
remonter. »

Quand je sors de chez moi, je donne toujours à ma porte
deux tours de clef. Je la trouvai simplement tirée, et cela
me frappa. Je supposai qu'on m'avait monté des lettres
dans la soirée.

J'entrai. Mon feu brûlait encore et éclairait même un
peu l'appartement. Je pris une bougie pour aller l'allumer
au foyer, lorsqu'en jetant les yeux devant moi, j'aperçus
quelqu'un assis dans mon fauteuil, et qui se chauffait les
pieds en me tournant le dos.

Je n'eus pas peur, oh ! non, pas le moins du monde.
Une supposition très vraisemblable me traversa l'esprit ;

celle qu'un de mes amis était venu pour me voir. La concierge, prévenue par moi à ma sortie, avait dit que j'allais rentrer, avait prêté sa clef. Et toutes les circonstances de mon retour, en une seconde, me revinrent à la pensée : le cordon tiré tout de suite, ma porte seulement poussée.

Mon ami, dont je ne voyais que les cheveux, s'était endormi devant mon feu en m'attendant, et je m'avançai pour le réveiller. Je le voyais parfaitement, un de ses bras pendant à droite ; ses pieds étaient croisés l'un sur l'autre ; sa tête, penchée un peu sur le côté gauche du fauteuil, indiquait bien le sommeil. Je me demandais : Qui est-ce ? On y voyait peu d'ailleurs dans la pièce. J'avançai la main pour lui toucher l'épaule !...

Je rencontrai le bois du siège ! Il n'y avait plus personne. Le fauteuil était vide !

Quel sursaut, miséricorde !

Je reculai d'abord comme si un danger terrible eût apparu devant moi.

Puis je me retournai, sentant quelqu'un derrière mon dos ; puis, aussitôt, un impérieux besoin de revoir le fauteuil me fit pivoter encore une fois. Et je demeurai debout, haletant d'épouvante, tellement éperdu que je n'avais plus une pensée, prêt à tomber.

Mais je suis un homme de sang-froid, et tout de suite la raison me revint. Je songeai : « Je viens d'avoir une hallucination, voilà tout. » Et je réfléchis immédiatement sur ce phénomène. La pensée va vite dans ces moments-là.

J'avais eu une hallucination – c'était là un fait incontestable. Or, mon esprit était demeuré tout le temps lucide, fonctionnant régulièrement et logiquement. Il n'y avait donc aucun trouble du côté du cerveau. Les yeux seuls s'étaient trompés, avaient trompé ma pensée. Les yeux avaient eu une vision, une de ces visions qui font croire aux miracles les gens naïfs. C'était là un accident nerveux de l'appareil optique, rien de plus, un peu de congestion peut-être.

Et j'allumai ma bougie. Je m'aperçus, en me baissant vers le feu, que je tremblais, et je me relevai d'une secousse, comme si on m'eût touché par derrière.

Je n'étais point tranquille assurément.

Je fis quelques pas ; je parlai haut. Je chantai à mi-voix quelques refrains.

Puis je fermai la porte de ma chambre à double tour, et je me sentis un peu rassuré. Personne ne pouvait entrer, au moins.

Je m'assis encore et je réfléchis longtemps à mon aventure ; puis je me couchai, et je soufflai ma lumière.

Pendant quelques minutes, tout alla bien. Je restais sur le dos, assez paisiblement. Puis le besoin me vint de regarder dans ma chambre ; et je me mis sur le côté.

Mon feu n'avait plus que deux ou trois tisons rouges qui éclairaient juste les pieds du fauteuil ; et je crus revoir l'homme assis dessus.

J'enflammai une allumette d'un mouvement rapide. Je m'étais trompé, je ne voyais plus rien.

Je me levai, cependant, et j'allai cacher le fauteuil derrière mon lit.

Puis je refis l'obscurité et je tâchai de m'endormir. Je n'avais pas perdu connaissance depuis plus de cinq minutes, quand j'aperçus, en songe, et nettement comme dans la réalité, toute la scène de la soirée. Je me réveillai éperdument, et, ayant éclairé mon logis, je demeurai assis dans mon lit, sans oser même essayer de redormir.

Deux fois cependant le sommeil m'envahit, malgré moi, pendant quelques secondes. Deux fois je revis la chose. Je me croyais devenu fou.

Quand le jour parut, je me sentis guéri et je sommeillai paisiblement jusqu'à midi.

C'était fini, bien fini. J'avais eu la fièvre, le cauchemar, que sais-je ? J'avais été malade, enfin. Je me trouvai néanmoins fort bête.

Je fus très gai ce jour-là. Je dînai au cabaret ; j'allai voir le spectacle, puis je me mis en chemin pour rentrer. Mais voilà qu'en approchant de ma maison une inquiétude étrange me saisit. J'avais peur de le revoir, lui. Non pas peur de lui, non pas peur de sa présence, à laquelle je ne croyais point, mais j'avais peur d'un trouble nouveau de mes yeux, peur de l'hallucination, peur de l'épouvante qui me saisirait.

Pendant plus d'une heure, j'errai de long en large sur le trottoir ; puis je me trouvai trop imbécile à la fin et j'entrai. Je haletais tellement que je ne pouvais plus monter mon escalier. Je restai encore plus de dix minutes devant

mon logement sur le palier, puis, brusquement, j'eus un
élan de courage, un roidissement de volonté. J'enfonçai
ma clef ; je me précipitai en avant une bougie à la main,
je poussai d'un coup de pied la porte entrebâillée de ma
chambre, et je jetai un regard effaré vers la cheminée. Je
ne vis rien. « Ah !... »

Quel soulagement ! Quelle joie ! Quelle délivrance !
J'allais et je venais d'un air gaillard. Mais je ne me sentais
pas rassuré ; je me retournais par sursauts ; l'ombre des
coins m'inquiétait.

Je dormis mal, réveillé sans cesse par des bruits imaginaires. Mais je ne le vis pas. Non. C'était fini !

Depuis ce jour-là j'ai peur tout seul, la nuit. Je la sens
là, près de moi, autour de moi, la vision. Elle ne m'est
point apparue de nouveau. Oh non ! Et qu'importe, d'ailleurs, puisque je n'y crois pas, puisque je sais que ce n'est
rien !

Elle me gène cependant parce que j'y pense sans cesse.
– Une main pendait du côté droit, sa tête était penchée du
côté gauche comme celle d'un homme qui dort... Allons,
assez, nom de Dieu ! je n'y veux plus songer !

Qu'est-ce que cette obsession, pourtant ? Pourquoi cette
persistance ? Ses pieds étaient tout près du feu !

Il me hante, c'est fou, mais c'est ainsi. Qui, Il ? Je sais
bien qu'il n'existe pas, que ce n'est rien ! Il n'existe que
dans mon appréhension, que dans ma crainte, que dans
mon angoisse ! Allons, assez !...

Oui, mais j'ai beau me raisonner, me roidir, je ne peux
plus rester seul chez moi, parce qu'il y est. Je ne le verrai
plus, je le sais, il ne se montrera plus, c'est fini cela. Mais
il y est tout de même, dans ma pensée. Il demeure invisible,
cela n'empêche qu'il y soit. Il est derrière les portes, dans
l'armoire fermée, sous le lit, dans tous les coins obscurs,
dans toutes les ombres. Si je tourne la porte, si j'ouvre
l'armoire, si je baisse ma lumière sous le lit, si j'éclaire
les coins, les ombres, il n'y est plus ; mais alors je le sens
derrière moi. Je me retourne, certain cependant que je ne
le verrai pas, que je ne le verrai plus. Il n'en est pas moins
derrière moi, encore.

C'est stupide, mais c'est atroce. Que veux-tu ? Je n'y peux rien.

Mais si nous étions deux chez moi, je sens, oui, je sens assurément qu'il n'y serait plus ! Car il est là parce que je suis seul, uniquement parce que je suis seul !

MON ONCLE SOSTHÈNE

À Paul Ginisty.

Mon oncle Sosthène était un libre penseur comme il en existe beaucoup, un libre penseur par bêtise. On est souvent religieux de la même façon. La vue d'un prêtre le jetait en des fureurs inconcevables ; il lui montrait le poing, lui faisait des cornes, et touchait du fer derrière son dos, ce qui indique déjà une croyance, la croyance au mauvais œil. Or, quand il s'agit de croyances irraisonnées, il faut les avoir toutes ou n'en pas avoir du tout. Moi qui suis aussi libre penseur, c'est-à-dire un révolté contre tous les dogmes que fit inventer la peur de la mort, je n'ai pas de colère contre les temples, qu'ils soient catholiques, apostoliques, romains, protestants, russes, grecs, bouddhistes, juifs, musulmans. Et puis, moi, j'ai une façon de les considérer et de les expliquer. Un temple, c'est un hommage à l'inconnu. Plus la pensée s'élargit, plus l'inconnu diminue, plus les temples s'écroulent. Mais, au lieu d'y mettre des encensoirs, j'y placerais des télescopes et des microscopes et des machines électriques. Voilà !

Mon oncle et moi nous différions sur presque tous les points. Il était patriote, moi je ne le suis pas, parce que, le patriotisme, c'est encore une religion. C'est l'œuf des guerres.

Mon oncle était franc-maçon. Moi, je déclare les

francs-maçons plus bêtes que les vieilles dévotes[1]. C'est mon opinion et je la soutiens. Tant qu'à avoir une religion, l'ancienne me suffirait.

Ces nigauds-là ne font qu'imiter les curés. Ils ont pour symbole un triangle au lieu d'une croix. Ils ont des églises qu'ils appellent des Loges avec un tas de cultes divers : le rite Écossais, le rite Français, le Grand-Orient, une série de balivernes à crever de rire.

Puis, qu'est-ce qu'ils veulent ? Se secourir mutuellement en se chatouillant le fond de la main. Je n'y vois pas de mal. Ils ont mis en pratique le précepte chrétien : « Secourez-vous les uns les autres. » La seule différence consiste dans le chatouillement. Mais, est-ce la peine de faire tant de cérémonies pour prêter cent sous à un pauvre diable ? Les religieux, pour qui l'aumône et le secours sont un devoir et un métier, tracent en tête de leurs épîtres trois lettres : J.M.J. Les francs-maçons posent trois points en queue de leur nom. Dos à dos, compères.

Mon oncle me répondait : « Justement nous élevons religion contre religion. Nous faisons de la libre pensée l'arme qui tuera le cléricalisme. La franc-maçonnerie est la citadelle où sont enrôlés tous les démolisseurs de divinités. »

Je ripostais : « Mais, mon bon oncle (au fond je disais :

---

1. On pourra comparer le scepticisme de Gaston avec la longue lettre que Maupassant adresse à Catulle Mendès en décembre 1876. Le refus de se trouver *lié* : « Voici, mon cher ami, les raisons qui me font renoncer à devenir franc-maçon : 1° Du moment qu'on entre dans une société quelconque [...], on est astreint à certaines règles, on promet certaines choses, on se met un joug sur le cou, et, quelque léger qu'il soit, c'est désagréable. *J'aime mieux payer mon bottier qu'être son égal* ; 2° Si la chose était sue [...], je me trouverais d'un seul coup à peu près mis à l'index par la plus grande partie de ma famille [...]. Par égoïsme, méchanceté ou éclectisme, je veux n'être jamais lié à aucun parti politique, quel qu'il soit, à aucune religion, à aucune secte, à aucune école ; ne jamais entrer dans aucune association professant certaines doctrines, ne m'incliner devant aucun dogme, devant aucune prime et aucun principe, et cela uniquement pour conserver le droit d'en dire du mal. Je veux qu'il me soit permis d'attaquer tous les bons Dieux et *bataillons carrés* [...].

« Vous me direz que c'est prévoir bien loin, mais j'ai peur de la plus petite chaîne, qu'elle vienne d'une idée ou d'une femme.

« Les fils se transforment tout doucement en câbles, et un jour qu'on se croit encore libre, on veut dire ou faire certaines choses ou passer la nuit dehors, et on s'aperçoit qu'on ne peut plus. »

"vieille moule"), c'est justement ce que je vous reproche. Au lieu de détruire, vous organisez la concurrence : ça fait baisser les prix, voilà tout. Et puis encore, si vous n'admettiez parmi vous que des libres penseurs, je comprendrais ; mais vous recevez tout le monde. Vous avez des catholiques en masse, même des chefs du parti. Pie IX fut des vôtres, avant d'être pape. Si vous appelez une Société ainsi composée une citadelle contre le cléricalisme, je la trouve faible, votre citadelle. »

Alors, mon oncle, clignant de l'œil, ajoutait : « Notre véritable action, notre action la plus formidable a lieu en politique. Nous sapons, d'une façon continue et sûre, l'esprit monarchique. »

Cette fois j'éclatais. « Ah ! oui, vous êtes des malins ! Si vous me dites que la Franc-Maçonnerie est une usine à élections, je vous l'accorde ; qu'elle sert de machine à faire voter pour les candidats de toutes nuances, je ne le nierai jamais ; qu'elle n'a d'autre fonction que de berner le bon peuple, de l'enrégimenter pour le faire aller à l'urne comme on envoie au feu les soldats ; je serai de votre avis ; qu'elle est utile, indispensable même à toutes les ambitions politiques parce qu'elle change chacun de ses membres en agent électoral, je vous crierai : "C'est clair comme le soleil !" Mais si vous me prétendez qu'elle sert à saper l'esprit monarchique, je vous ris au nez.

— Considérez-moi un peu cette vaste et mystérieuse association démocratique, qui a eu pour grand maître, en France, le prince Napoléon sous l'Empire ; qui a pour grand maître, en Allemagne, le prince héritier ; en Russie le frère du czar ; dont font partie le roi Humbert et le prince de Galles ; et toutes les caboches couronnées du globe ! »

Cette fois mon oncle me glissait dans l'oreille : « C'est vrai ; mais tous ces princes servent nos projets sans s'en douter.

— Et réciproquement, n'est-ce pas ? »

Et j'ajoutais en moi : « Tas de niais ! »

Et il fallait voir mon oncle Sosthène offrir à dîner à un franc-maçon.

Ils se rencontraient d'abord et se touchaient les mains avec un air mystérieux tout à fait drôle, on voyait qu'ils se livraient à une série de pressions secrètes. Quand je voulais mettre mon oncle en fureur, je n'avais qu'à lui rappeler que les chiens aussi ont une manière toute franc-maçonnique de se reconnaître.

Puis mon oncle emmenait son ami dans les coins, comme pour lui confier des choses considérables ; puis, à table, face à face, ils avaient une façon de se considérer, de croiser leurs regards, de boire avec un coup d'œil comme pour se répéter sans cesse : « Nous en sommes, hein ? »

Et penser qu'ils sont ainsi des millions sur la terre qui s'amusent à ces simagrées ! J'aimerais encore mieux être jésuite.

Or, il y avait dans notre ville un vieux jésuite qui était la bête noire de mon oncle Sosthène. Chaque fois qu'il le rencontrait, ou seulement s'il l'apercevait de loin, il murmurait : « Crapule, va ! » Puis, me prenant le bras, il me confiait dans l'oreille : « Tu verras que ce gredin-là me fera du mal un jour ou l'autre. Je le sens. »

Mon oncle disait vrai. Et voici comment l'accident se produisit par ma faute.

Nous approchions de la semaine sainte. Alors, mon oncle eut l'idée d'organiser un dîner gras pour le vendredi, mais un vrai dîner, avec andouille et cervelas. Je résistai tant que je pus ; je disais : « Je ferai gras comme toujours ce jour-là, mais tout seul, chez moi. C'est idiot, votre manifestation. Pourquoi manifester ? En quoi cela vous gêne-t-il que des gens ne mangent pas de viande ? »

Mais mon oncle tint bon. Il invita trois amis dans le premier restaurant de la ville ; et comme c'était lui qui payait, je ne refusai pas non plus de manifester.

Dès quatre heures, nous occupions une place en vue au café Pénélope, le mieux fréquenté ; et mon oncle Sosthène, d'une voix forte, racontait notre menu.

À six heures on se mit à table. À dix heures, on mangeait encore ; et nous avions bu, à cinq, dix-huit bouteilles de vin fin, plus quatre de champagne. Alors mon oncle proposa ce qu'il appelait la « tournée de l'archevêque ». On plaçait en ligne, devant soi, six petits verres qu'on remplissait avec des liqueurs différentes ; puis il les fallait vider coup sur coup pendant qu'un des assistants comptait jusqu'à vingt. C'était stupide ; mais mon oncle Sosthène trouvait cela « de circonstance ».

À onze heures, il était gris comme un chantre. Il le fallut emporter en voiture, et mettre au lit ; et déjà on pouvait prévoir que sa manifestation anticléricale allait tourner en une épouvantable indigestion.

Comme je rentrais à mon logis, gris moi-même, mais d'une ivresse gaie, une idée machiavélique, et qui satisfaisait tous mes instincts de scepticisme, me traversa la tête.

Je rajustai ma cravate, je pris un air désespéré, et j'allai sonner comme un furieux à la porte du vieux jésuite. Il était sourd ; il me fit attendre. Mais comme j'ébranlais toute la maison à coups de pied, il parut enfin, en bonnet de coton, à sa fenêtre, et demanda : « Qu'est-ce qu'on me veut ? »

Je criai : « Vite, vite, mon révérend père, ouvrez-moi ; c'est un malade désespéré qui réclame votre saint ministère ! »

Le pauvre bonhomme passa tout de suite un pantalon et descendit sans soutane. Je lui racontai d'une voix haletante, que mon oncle, le libre penseur, saisi soudain d'un malaise terrible qui faisait prévoir une très grave maladie, avait été pris d'une grande peur de la mort, et qu'il désirait le voir, causer avec lui, écouter ses conseils, connaître mieux les croyances, se rapprocher de l'Église, et, sans doute, se confesser, puis communier, pour franchir, en paix avec lui-même, le redoutable pas.

Et j'ajoutai d'un ton frondeur : « Il le désire, enfin. Si cela ne lui fait pas de bien cela ne lui fera toujours pas de mal. »

Le vieux jésuite, effaré, ravi, tout tremblant, me dit : « Attendez-moi une minute, mon enfant, je viens. » Mais j'ajoutai : « Pardon, mon révérend père, je ne vous accompagnerai pas, mes convictions ne me le permettent point. J'ai même refusé de venir vous chercher ; aussi je vous prierai de ne pas avouer que vous m'avez vu, mais de vous dire prévenu de la maladie de mon oncle par une espèce de révélation. »

Le bonhomme y consentit et s'en alla, d'un pas rapide, sonner à la porte de mon oncle Sosthène. La servante qui soignait le malade ouvrit bientôt ; et je vis la soutane noire disparaître dans cette forteresse de la libre pensée.

Je me cachai sous une porte voisine pour attendre l'événement. Bien portant, mon oncle eût assommé le jésuite, mais je le savais incapable de remuer un bras, et je me demandais avec une joie délirante quelle invraisemblable scène allait se jouer entre ces deux antagonistes ? Quelle lutte ? quelle explication ? quelle stupéfaction ? quel brouillamini ? et quel dénoûment à cette situation sans issue, que l'indignation de mon oncle rendrait plus tragique encore !

Je riais tout seul à me tenir les côtes ; je me répétais à mi-voix : « Ah ! la bonne farce, la bonne farce ! »

Cependant il faisait froid, et je m'aperçus que le jésuite restait bien longtemps. Je me disais : « Ils s'expliquent. »

Une heure passa, puis deux, puis trois. Le révérend père ne sortait point. Qu'était-il arrivé ? Mon oncle était-il mort de saisissement en le voyant ? Ou bien avait-il tué l'homme en soutane ? Ou bien s'étaient-ils entre-mangés ? Cette dernière supposition me sembla peu vraisemblable, mon oncle me paraissant en ce moment incapable d'absorber un gramme de nourriture de plus. Le jour se leva.

Inquiet, et n'osant pas entrer à mon tour, je me rappelai qu'un de mes amis demeurait juste en face. J'allai chez lui ; je lui dis la chose, qui l'étonna et le fit rire, et je m'embusquai à sa fenêtre.

À neuf heures, il prit ma place, et je dormis un peu. À deux heures, je le remplaçai à mon tour. Nous étions démesurément troublés.

À six heures, le jésuite sortit d'un air pacifique et satisfait, et nous le vîmes s'éloigner d'un pas tranquille.

Alors honteux et timide, je sonnai à mon tour à la porte de mon oncle. La servante parut. Je n'osai l'interroger et je montai, sans rien dire.

Mon oncle Sosthène, pâle, défait, abattu, l'œil morne, les bras inertes, gisait dans son lit. Une petite image de piété était piquée au rideau avec une épingle.

On sentait fortement l'indigestion dans la chambre.

Je dis : « Eh bien, mon oncle, vous êtes couché ? Ça ne va donc pas ? »

Il répondit d'une voix accablée : « Oh ! mon pauvre enfant, j'ai été bien malade, j'ai failli mourir.

– Comment ça, mon oncle ?

– Je ne sais pas ; c'est bien étonnant. Mais ce qu'il y a de plus étrange, c'est que le père jésuite qui sort d'ici, tu sais, ce brave homme que je ne pouvais souffrir, eh bien, il a eu une révélation de mon état, et il est venu me trouver. »

Je fus pris d'un effroyable besoin de rire. « Ah ! vraiment ?

– Oui, il est venu. Il a entendu une voix qui lui disait de se lever et de venir parce que j'allais mourir. C'est une révélation. »

Je fis semblant d'éternuer pour ne pas éclater. J'avais envie de me rouler par terre.

Au bout d'une minute, je repris d'un ton indigné, malgré des fusées de gaieté : « Et vous l'avez reçu, mon oncle, vous ? un libre penseur ? un franc-maçon ? Vous ne l'avez pas jeté dehors ? »

Il parut confus, et balbutia : « Écoute donc, c'était si étonnant, si étonnant, si providentiel ! Et puis il m'a parlé de mon père. Il a connu mon père autrefois.

– Votre père, mon oncle ?

– Oui, il paraît qu'il a connu mon père.

– Mais ce n'est pas une raison pour recevoir un jésuite.

– Je le sais bien, mais j'étais malade, si malade ! Et il m'a soigné avec un grand dévouement toute la nuit. Il a été parfait. C'est lui qui m'a sauvé. Ils sont un peu médecins, ces gens-là.

– Ah ! il vous a soigné toute la nuit. Mais vous m'avez dit tout de suite qu'il sortait seulement d'ici.

– Oui, c'est vrai. Comme il s'était montré excellent à mon égard, je l'ai gardé à déjeuner. Il a mangé là auprès de mon lit, sur une petite table, pendant que je prenais une tasse de thé.

– Et... il a fait gras ? »

Mon oncle eut un mouvement froissé, comme si je venais de commettre une grosse inconvenance ; et il ajouta :

« Ne plaisante pas, Gaston, il y a des railleries déplacées. Cet homme m'a été en cette occasion plus dévoué qu'aucun parent ; j'entends qu'on respecte ses convictions. »

84   *Mon oncle Sosthène*

Cette fois, j'étais atterré ; je répondis néanmoins : « Très
bien, mon oncle. Et après le déjeuner, qu'avez-vous fait ?

— Nous avons joué une partie de bésigue, puis il a dit
son bréviaire, pendant que je lisais un petit livre qu'il avait
sur lui, et qui n'est pas mal écrit du tout.

— Un livre pieux, mon oncle ?

— Oui et non, ou plutôt non, c'est l'histoire de leurs
missions dans l'Afrique centrale. C'est plutôt un livre de
voyage et d'aventures. C'est très beau ce qu'ils ont fait là,
ces hommes. »

Je commençais à trouver que ça tournait mal. Je me
levai : « Allons, adieu, mon oncle, je vois que vous quittez
la franc-maçonnerie pour la religion. Vous êtes un renégat. »

Il fut encore un peu confus et murmura : « Mais la
religion est une espèce de franc-maçonnerie. »

Je demandai : « Quand revient-il, votre jésuite ? » Mon
oncle balbutia : « Je... je ne sais pas, peut-être demain...
ce n'est pas sûr. »

Et je sortis, absolument abasourdi.

Elle a mal tourné, ma farce ! Mon oncle est converti
radicalement. Jusque-là, peu m'importait. Clérical ou franc-
maçon, pour moi c'est bonnet blanc et blanc bonnet ; mais
le pis, c'est qu'il vient de tester, oui de tester, et de me
déshériter, monsieur, en faveur du père jésuite.

LE MAL D'ANDRÉ

À *Edgar Courtois.*

La maison du notaire avait façade sur la place. Par derrière, un beau jardin bien planté s'étendait jusqu'au passage des Piques, toujours désert, dont il était séparé par un mur.

C'est au bout de ce jardin que la femme de Maître Moreau avait donné rendez-vous, pour la première fois, au capitaine Sommerive qui la poursuivait depuis longtemps.

Son mari était parti passer huit jours à Paris. Elle se trouvait donc libre pour la semaine entière. Le capitaine avait tant prié, l'avait implorée avec des paroles si douces ; elle était persuadée qu'il l'aimait si violemment, elle se sentait elle-même si isolée, si méconnue, si négligée au milieu des contrats dont s'occupait uniquement le notaire, qu'elle avait laissé prendre son cœur sans se demander si elle donnerait plus un jour.

Puis, après des mois d'amour platonique, de mains pressées, de baisers rapides volés derrière une porte, le capitaine avait déclaré qu'il quitterait immédiatement la ville en demandant son changement s'il n'obtenait pas un rendez-vous, un vrai rendez-vous, dans l'ombre des arbres, pendant l'absence du mari.

Elle avait cédé ; elle avait promis.

Elle l'attendait maintenant, blottie contre le mur, le cœur battant, tressaillant aux moindres bruits.

Tout à coup elle entendit qu'on escaladait le mur, et elle faillit se sauver. Si ce n'était pas lui ? Si c'était un voleur ?

Mais non ; une voix appelait doucement « Mathilde ». Elle répondit « Étienne ». Et un homme tomba dans le chemin avec un bruit de ferraille.

C'était lui ! quel baiser !

Ils demeurèrent longtemps debout, enlacés, les lèvres unies. Mais tout à coup une pluie fine se mit à tomber, et les gouttes glissant de feuille en feuille faisaient dans l'ombre un frémissement d'eau. Elle tressaillit lorsqu'elle reçut la première goutte sur le cou.

Il lui disait : « Mathilde, ma chérie, mon adorée, mon amie, mon ange, entrons chez vous. Il est minuit, nous n'avons rien à craindre. Allons chez vous ; je vous supplie. »

Elle répondait : « Non, mon bien-aimé, j'ai peur. Qui sait ce qui peut nous arriver ? »

Mais il la tenait serrée en ses bras, et lui murmurait dans l'oreille : « Vos domestiques sont au troisième étage, sur la place. Votre chambre est au premier, sur le jardin. Personne ne nous entendra. Je vous aime, je veux t'aimer librement, tout entière, des pieds à la tête. » Et il l'étreignait avec violence, en l'affolant de baisers.

Elle résistait encore, effrayée, honteuse aussi. Mais il la saisit par la taille, l'enleva et l'emporta, sous la pluie qui devenait terrible.

La porte était restée ouverte ; ils montèrent à tâtons l'escalier ; puis, lorsqu'ils furent entrés dans la chambre, elle poussa les verrous, pendant qu'il enflammait une allumette.

Mais elle tomba défaillante sur un fauteuil. Il se mit à ses genoux et, lentement, il la dévêtait, ayant commencé par les bottines et par les bas, pour baiser ses pieds.

Elle disait, haletante : « Non, non, Étienne, je vous en supplie, laissez-moi rester honnête ; je vous en voudrais trop, après ! c'est si laid, cela, si grossier ! Ne peut-on s'aimer avec les âmes seulement... Étienne. »

Avec une adresse de femme de chambre, et une vivacité d'homme pressé, il déboutonnait, dénouait, dégrafait, délaçait sans repos. Et quand elle voulut se lever et fuir pour échapper à ses audaces, elle sortit brusquement de ses robes, de ses jupes et de son linge toute nue, comme une main sort d'un manchon.

Éperdue, elle courut vers le lit pour se cacher sous les

rideaux. La retraite était dangereuse. Il l'y suivit. Mais comme il voulait la joindre et qu'il se hâtait, son sabre, détaché trop vite, tomba sur le parquet avec un bruit retentissant.

Aussitôt une plainte prolongée, un cri aigu et continu, un cri d'enfant partit de la chambre voisine, dont la porte était restée ouverte.

Elle murmura : «Oh ! vous venez de réveiller André ; il ne pourra pas se rendormir. »

Son fils avait quinze mois et il couchait près de sa mère, afin qu'elle pût sans cesse veiller sur lui.

Le capitaine, fou d'ardeur, n'écoutait pas. «Qu'importe ? qu'importe ? Je t'aime ; tu es à moi, Mathilde. »

Mais elle se débattait, désolée, épouvantée. «Non, non ! écoute comme il crie ; il va réveiller la nourrice. Si elle venait, que ferions-nous ? Nous serions perdus ! Étienne, écoute, quand il fait ça, la nuit, son père le prend dans notre lit pour le calmer. Il se tait tout de suite, tout de suite, il n'y a pas d'autre moyen. Laisse-moi le prendre, Étienne... »

L'enfant hurlait, poussait des clameurs perçantes qui traversent les murs les plus épais, qu'on entend de la rue en passant près des logis.

Le capitaine, consterné, se releva, et Mathilde, s'élançant, alla chercher le mioche[1] qu'elle apporta dans sa couche. Il se tut.

Étienne s'assit à cheval sur une chaise et roula une cigarette. Au bout de cinq minutes à peine, André dormait. La mère murmura : «Je vais le reporter maintenant. » Et elle alla reposer l'enfant dans son berceau avec des précautions infinies.

Quand elle revint, le capitaine l'attendait les bras ouverts.

Il l'enlaça, fou d'amour. Et elle, vaincue enfin, l'étreignant, balbutiait :

«Étienne... Étienne... mon amour ! Oh ! si tu savais comme... comme... »

---

1. Enfant, mioche, chenapan, morveux, marmot : c'est toute une ménagerie qu'incarne à lui seul le petit André, dont les cris l'apparentent successivement au loup, à la vache, au renard, au chien, au poulet ! Avant que ses blessures ne rappellent, passant de la voix à la peau, crapauds, crocodiles et léopards.

André se remit à crier. Le capitaine, furieux, jura : « Nom de Dieu de chenapan ! Il ne va pas se taire, ce morveux-là ! »

Non, il ne se taisait pas, le morveux, il beuglait.

Mathilde crut entendre remuer au-dessus. C'était la nourrice qui venait sans doute. Elle s'élança, prit son fils, et le rapporta dans son lit. Il redevint muet aussitôt.

Trois fois de suite on le recoucha dans son berceau. Trois fois de suite il fallut le reprendre.

Le capitaine Sommerive partit une heure avant l'aurore en sacrant à bouche que veux-tu.

Mais, pour calmer son impatience, Mathilde lui avait promis de le recevoir encore, le soir même.

Il arriva, comme la veille, mais plus impatient, plus enflammé, rendu furieux par l'attente.

Il eut soin de poser son sabre avec douceur, sur les deux bras d'un fauteuil ; il ôta ses bottes comme un voleur, et parla si bas que Mathilde ne l'entendait plus. Enfin, il allait être heureux, tout à fait heureux, quand le parquet ou quelque meuble, ou, peut-être, le lit lui-même, craqua. Ce fut un bruit sec comme si quelque support s'était brisé ; et, aussitôt un cri, faible d'abord, puis suraigu y répondit. André s'était réveillé.

Il glapissait comme un renard. S'il continuait ainsi, certes, toute la maison allait se lever.

La mère affolée s'élança et le rapporta. Le capitaine ne se releva pas. Il rageait. Alors, tout doucement, il étendit la main, prit entre deux doigts un peu de chair du marmot, n'importe où, à la cuisse ou bien au derrière, et il pinça. L'enfant se débattit, hurlant à déchirer les oreilles. Alors le capitaine, exaspéré, pinça plus fort, partout, avec fureur. Il saisissait vivement le bourrelet de peau et le tordait en le serrant violemment, puis le lâchait pour en prendre un autre à côté, puis un autre plus loin, puis encore un autre.

L'enfant poussait des clameurs de poulet qu'on égorge ou de chien qu'on flagelle. La mère éplorée l'embrassait, le caressait, tâchait de le calmer, d'étouffer ses cris sous les baisers. Mais André devenait violet comme s'il allait avoir des convulsions, et il agitait ses petits pieds et ses petites mains d'une façon effrayante et navrante.

Le capitaine dit d'une voix douce : « Essayez donc de le reporter dans son berceau ; il s'apaisera peut-être. » Et

Mathilde s'en alla vers l'autre chambre avec son enfant dans ses bras.

Dès qu'il fut sorti du lit de sa mère, il cria moins fort ; et dès qu'il fut rentré dans le sien, il se tut, avec quelques sanglots encore, de temps en temps.

Le reste de la nuit fut tranquille ; et le capitaine fut heureux.

La nuit suivante, il revint encore. Comme il parlait un peu fort, André se réveilla de nouveau et se mit à glapir. Sa mère bien vite l'alla chercher ; mais le capitaine pinça si bien, si durement et si longtemps que le marmot suffoqua, les yeux tournés, l'écume aux lèvres.

On le remit en son berceau. Il se calma tout aussitôt.

Au bout de quatre jours, il ne pleurait plus pour aller dans le lit maternel.

Le notaire revint le samedi soir. Il reprit sa place au foyer et dans la chambre conjugale.

Il se coucha de bonne heure, étant fatigué du voyage ; puis, dès qu'il eut bien retrouvé ses habitudes et accompli scrupuleusement tous ses devoirs d'homme honnête et méthodique, il s'étonna : « Tiens, mais André ne pleure pas, ce soir. Va donc le chercher un peu, Mathilde, ça me fait plaisir de le sentir entre nous deux. »

La femme aussitôt se leva et alla prendre l'enfant ; mais dès qu'il se vit dans ce lit où il aimait tant s'endormir quelques jours auparavant, le marmot épouvanté se tordit, et hurla si furieusement qu'il fallut le reporter en son berceau.

Maître Moreau n'en revenait pas : « Quelle drôle de chose ? Qu'est-ce qu'il a ce soir ? Peut-être qu'il a sommeil ? »

Sa femme répondit : « Il a été toujours comme ça pendant ton absence. Je n'ai pas pu le prendre une seule fois. »

Au matin, l'enfant réveillé se mit à jouer et à rire en remuant ses menottes.

Le notaire attendri accourut, embrassa son produit, puis l'enleva dans ses bras pour le rapporter dans la couche conjugale. André riait, du rire ébauché des petits êtres dont la pensée est vague encore. Tout à coup il aperçut le lit, sa mère dedans ; et sa petite figure heureuse se plissa, décomposée, tandis que des cris furieux sortaient de sa gorge et qu'il se débattait comme si on l'eût martyrisé.

Le père, étonné, murmura : « Il a quelque chose, cet enfant », et d'un mouvement naturel il releva sa chemise.

Il poussa un « ah ! » de stupeur. Les mollets, les cuisses, les reins, tout le derrière du petit étaient marbrés de taches bleues, grandes comme des sous.

Maître Moreau cria : « Mathilde, regarde, c'est affreux. » La mère, éperdue, se précipita. Le milieu de chacune des taches semblait traversé d'une ligne violette où le sang était venu mourir. C'était là, certes, quelque maladie effroyable et bizarre, le commencement d'une sorte de lèpre, d'une de ces affections étranges où la peau devient tantôt pustuleuse comme le dos des crapauds, tantôt écailleuse comme celui des crocodiles.

Les parents éperdus se regardaient. Maître Moreau s'écria : « Il faut aller chercher le médecin. »

Mais Mathilde, plus pâle qu'une morte, contemplait fixement son fils aussi tacheté qu'un léopard. Et, soudain, poussant un cri, un cri violent, irréfléchi, comme si elle eût aperçu quelqu'un qui l'emplissait d'horreur, elle jeta : « Oh ! le misérable !... »

M. Moreau, surpris, demanda : « Hein ? De qui parles-tu ? Quel misérable ? »

Elle devint rouge jusqu'aux cheveux et balbutia : « Rien... c'est... vois-tu... je devine... c'est... il ne faut pas aller chercher le médecin... c'est assurément cette misérable nourrice qui pince le petit pour le faire taire quand il crie. »

Le notaire, exaspéré, alla quérir la nourrice et faillit la battre. Elle nia avec effronterie, mais fut chassée.

Et sa conduite, signalée à la municipalité, l'empêcha de trouver d'autres places.

LE PAIN MAUDIT

À Henry Brainne.

I

Le père Taille avait trois filles. Anna, l'aînée, dont on ne parlait guère dans la famille, Rose, la cadette, âgée maintenant de dix-huit ans, et Claire, la dernière, encore gosse, qui venait de prendre son quinzième printemps.

Le père Taille, veuf aujourd'hui, était maître mécanicien dans la fabrique de boutons de M. Lebrument. C'était un brave homme, très considéré, très droit, très sobre, une sorte d'ouvrier modèle. Il habitait rue d'Angoulême, au Havre.

Quand Anna avait pris la clef des champs, comme on dit, le vieux était entré dans une colère épouvantable ; il avait menacé de tuer le séducteur, un blanc-bec, un chef de rayon d'un grand magasin de nouveautés de la ville. Puis, on lui avait dit de divers côtés que la petite se rangeait, qu'elle mettait de l'argent sur l'État, qu'elle ne courait pas, liée maintenant avec un homme d'âge, un juge au tribunal de commerce, M. Dubois ; et le père s'était calmé.

Il s'inquiétait même de ce qu'elle faisait ; demandait des renseignements sur sa maison à ses anciennes camarades qui avaient été la revoir ; et quand on lui affirmait qu'elle était dans ses meubles et qu'elle avait un tas de vases de couleur sur ses cheminées, des tableaux peints sur les murs, des pendules dorées et des tapis partout, un petit sourire content lui glissait sur les lèvres. Depuis trente ans il tra-

vaillait, lui, pour amasser cinq ou six pauvres mille francs !
La fillette n'était pas bête, après tout !

Or, voilà qu'un matin, le fils Touchard, dont le père
était tonnelier au bout de la rue, vint lui demander la main
de Rose, la seconde. Le cœur du vieux se mit à battre.
Les Touchard étaient riches et bien posés ; il avait décidément de la chance dans ses filles.

La noce fut décidée ; et on résolut qu'on la ferait
d'importance. Elle aurait lieu à Sainte-Adresse, au restaurant de la mère Jusa. Cela coûterait bon, par exemple, ma
foi tant pis, une fois n'était pas coutume.

Mais un matin, comme le vieux était rentré au logis pour
déjeuner, au moment où il se mettait à table avec ses deux
filles, la porte s'ouvrit brusquement et Anna parut. Elle
avait une toilette brillante, et des bagues, et un chapeau à
plume. elle était gentille comme un cœur avec tout ça. Elle
sauta au cou du père, qui n'eut pas le temps de dire « ouf »,
puis elle tomba en pleurant dans les bras de ses deux sœurs,
puis elle s'assit en s'essuyant les yeux et demanda une
assiette pour manger la soupe avec la famille. Cette fois,
le père Taille fut attendri jusqu'aux larmes à son tour, et
il répéta à plusieurs reprises : « C'est bien, ça, petite, c'est
bien, c'est bien. » Alors, elle dit tout de suite son affaire.
— Elle ne voulait pas qu'on fît la noce de Rose à Sainte-
Adresse, elle ne voulait pas, ah mais non. On la ferait chez
elle, donc, cette noce, et ça ne coûterait rien au père. Ses
dispositions étaient prises, tout arrangé, tout réglé ; elle se
chargeait de tout, voilà ! »

Le vieux répéta : « Ça, c'est bien, petite, c'est bien. »
Mais un scrupule lui vint. Les Touchard consentiraient-ils ?
Rose, la fiancée, surprise, demanda : « Pourquoi qu'ils ne
voudraient pas, donc ? Laisse faire, je m'en charge, je vais
en parler à Philippe, moi. »

Elle en parla à son prétendu, en effet, le jour même ; et
Philippe déclara que ça lui allait parfaitement. Le père et
la mère Touchard furent aussi ravis de faire un bon dîner
qui ne coûterait rien. Et ils disaient : « Ça sera bien, pour
sûr, vu que monsieur Dubois roule sur l'or. »

Alors ils demandèrent la permission d'inviter une amie,
Mlle Florence, la cuisinière des gens du premier. Anna
consentit à tout.

Le mariage était fixé au dernier mardi du mois.

II

Après la formalité de la mairie et la cérémonie religieuse, la noce se dirigea vers la maison d'Anna. Les Taille avaient amené, de leur côté, un cousin d'âge, M. Sauvetanin, homme à réflexions philosophiques, cérémonieux et compassé, dont on attendait l'héritage, et une vieille tante, Mme Lamondois.

M. Sauvetanin avait été désigné pour offrir son bras à Anna. On les avait accouplés, les jugeant les deux personnes les plus importantes et les plus distinguées de la société.

Dès qu'on arriva devant la porte d'Anna, elle quitta immédiatement son cavalier et courut en avant en déclarant : « Je vais vous montrer le chemin. »

Elle monta, en courant, l'escalier, tandis que la procession des invités suivait plus lentement.

Dès que la jeune fille eut ouvert son logis, elle se rangea pour laisser passer le monde qui défilait devant elle en roulant de grands yeux et en tournant la tête de tous les côtés pour voir ce luxe mystérieux.

La table était mise dans le salon, la salle à manger ayant été jugée trop petite. Un restaurateur voisin avait loué les couverts, et les carafes pleines de vin luisaient sous un rayon de soleil qui tombait d'une fenêtre.

Les dames pénétrèrent dans la chambre à coucher pour se débarrasser de leurs châles et de leurs coiffures, et le père Touchard, debout sur la porte, clignait de l'œil vers le lit bas et large, et faisait aux hommes des petits signes farceurs et bienveillants. Le père Taille, très digne, regardait avec un orgueil intime l'ameublement somptueux de son enfant, et il allait de pièce en pièce, tenant toujours à la main son chapeau, inventoriant les objets d'un regard, marchant à la façon d'un sacristain dans une église.

Anna allait, venait, courait, donnait des ordres, hâtait le repas.

Enfin, elle apparut sur le seuil de la salle à manger démeublée, en criant : « Venez tous par ici une minute. » Les douze invités se précipitèrent et aperçurent douze verres de madère en couronne sur un guéridon.

Rose et son mari se tenaient par la taille, s'embrassaient déjà dans les coins. M. Sauvetanin ne quittait pas Anna de l'œil, poursuivi sans doute par cette ardeur, par cette attente qui remuent les hommes, même vieux et laids, auprès des femmes galantes, comme si elles devaient par métier, par obligation professionnelle, un peu d'elles à tous les mâles.

Puis on se mit à table, et le repas commença. Les parents occupaient un bout, les jeunes gens tout l'autre bout. Mme Touchard la mère présidait à droite, la jeune mariée présidait à gauche. Anna s'occupait de tous et de chacun, veillait à ce que les verres fûssent toujours pleins et les assiettes toujours garnies. Une certaine gêne respectueuse, une certaine intimidation devant la richesse du logis et la solennité du service paralysaient les convives. On mangeait bien, on mangeait bon, mais on ne rigolait pas comme on doit rigoler dans les noces. On se sentait dans une atmosphère trop distinguée, cela gênait. Mme Touchard, la mère, qui aimait rire, tâchait d'animer la situation ; et, comme on arrivait au dessert, elle cria : « Dis donc, Philippe, chante-nous quelque chose. » Son fils passait dans sa rue pour posséder une des plus jolies voix du Havre.

Le marié aussitôt se leva, sourit, et se tournant vers sa belle-sœur, par politesse et par galanterie, il chercha quelque chose de circonstance, de grave, de comme il faut, qu'il jugeait en harmonie avec le sérieux du dîner.

Anna prit un air content et se renversa sur sa chaise pour écouter. Tous les visages devinrent attentifs et vaguement souriants.

Le chanteur annonça « Le Pain maudit » et arrondissant le bras droit, ce qui fit remonter son habit dans son cou, il commença :

> Il est un pain béni qu'à la terre économe
> Il nous faut arracher d'un bras victorieux.
> C'est le pain du travail, celui que l'honnête homme,
> Le soir, à ses enfants, apporte tout joyeux.
> Mais il en est un autre, à mine tentatrice,
> Pain maudit que l'Enfer pour nous damner sema *(bis)*
> Enfants, n'y touchez pas, car c'est le pain du vice !
> Chers enfants, gardez-vous de toucher ce pain-là ! *(bis)*

Toute la table applaudit avec frénésie. Le père Touchard déclara : «Ça, c'est tapé.» La cuisinière invitée tourna dans sa main un croûton qu'elle regardait avec attendrissement. M. Sauvetanin murmura : «Très bien !» Et la tante Lamondois s'essuyait déjà les yeux avec sa serviette.

Le marié annonça : «Deuxième couplet», et le lança avec une énergie croissante :

> Respect au malheureux qui, tout brisé par l'âge,
> Nous implore en passant sur le bord du chemin,
> Mais flétrissons celui qui, désertant l'ouvrage,
> Alerte et bien portant, ose tendre la main.
> Mendier sans besoin, c'est voler la vieillesse,
> C'est voler l'ouvrier que le travail courba. *(bis)*
> Honte à celui qui vit du pain de la paresse,
> Chers enfants, gardez-vous de toucher ce pain-là ! *(bis)*

Tous, même les deux servants restés debout contre les murs, hurlèrent en chœur le refrain. Les voix fausses et pointues des femmes faisaient détonner les voix grasses des hommes.

La tante et la mariée pleuraient tout à fait. Le père Taille se mouchait avec un bruit de trombone, et le père Touchard affolé brandissait un pain tout entier jusqu'au milieu de la table. La cuisinière amie laissait tomber des larmes muettes sur son croûton qu'elle tourmentait toujours.

M. Sauvetanin prononça au milieu de l'émotion générale : « Voilà des choses saines, bien différentes des gaudrioles. »

Anna, troublée aussi, envoyait des baisers à sa sœur et lui montrait d'un signe amical son mari, comme pour la féliciter.

Le jeune homme, grisé par le succès, reprit :

> Dans ton simple réduit, ouvrière gentille,
> Tu sembles écouter la voix du tentateur !
> Pauvre enfant, va, crois-moi, ne quitte pas l'aiguille.
> Tes parents n'ont que toi, toi seule es leur bonheur.
> Dans un luxe honteux trouveras-tu des charmes
> Lorsque, te maudissant, ton père expirera. *(bis)*
> Le pain du déshonneur se pétrit dans les larmes.
> Chers enfants, gardez-vous de toucher ce pain-là ! *(bis)*

Seuls les deux servants et le père Touchard reprirent le refrain. Anna, toute pâle, avait baissé les yeux. Le marié, interdit, regardait autour de lui sans comprendre la cause de ce froid subit. La cuisinière avait soudain lâché son croûton comme s'il était devenu empoisonné.

M. Sauvetanin déclara gravement, pour sauver la situation : «Le dernier couplet est de trop.» Le père Taille, rouge jusqu'aux oreilles, roulait des regards féroces autour de lui.

Alors Anna, qui avait les yeux pleins de larmes dit aux valets d'une voix mouillée, d'une voix de femme qui pleure : «Apportez le champagne.»

Aussitôt une joie secoua les invités. Les visages redevinrent radieux. Et comme le père Touchard, qui n'avait rien vu, rien senti, rien compris, brandissait toujours son pain et chantait tout seul, en le montrant aux convives :

> Chers enfants, gardez-vous de toucher ce pain-là !

toute la noce, électrisée en voyant apparaître les bouteilles coiffées d'argent, reprit avec un bruit de tonnerre :

> Chers enfants, gardez-vous de toucher ce pain-là !

LE CAS DE MADAME LUNEAU

À Georges Duval.

Le juge de paix, gros, avec un œil fermé et l'autre à peine ouvert, écoute les plaignants d'un air mécontent. Parfois il pousse une sorte de grognement qui fait préjuger son opinion, et il interrompt d'une voix grêle comme celle d'un enfant, pour poser des questions.

Il vient de régler l'affaire de M. Joly contre M. Petitpas, au sujet de la borne d'un champ qui aurait été déplacée par mégarde par le charretier de M. Petitpas, en labourant.

Il appelle l'affaire d'Hippolyte Lacour, sacristain et quincailler, contre Mme Céleste-Césarine Luneau, veuve d'Anthime-Isidore.

Hippolyte Lacour a quarante-cinq ans ; grand, maigre, portant des cheveux longs et rasé comme un homme d'église, il parle d'une voix lente, traînante et chantante.

Mme Luneau semble avoir quarante ans. Charpentée en lutteur, elle gonfle de partout sa robe étroite et collante. Ses hanches énormes supportent une poitrine débordante par devant, et, par derrière, des omoplates grasses comme des seins. Son cou large soutient une tête aux traits saillants, et sa voix pleine, sans être grave, pousse des notes qui font vibrer les vitres et les tympans. Enceinte, elle présente en avant un ventre énorme comme une montagne.

Les témoins à décharge attendent leur tour.

M. le juge de paix attaque la question.

« Hippolyte Lacour, exposez votre réclamation. »

Le plaignant prend la parole.

« Voilà, monsieur le juge de paix. Il y aura neuf mois à la Saint-Michel que Mme Luneau est venue me trouver, un soir, comme j'avais sonné l'*Angelus*, et elle m'exposa sa situation par rapport à sa stérilité...

LE JUGE DE PAIX. — Soyez plus explicite, je vous prie.

HIPPOLYTE. — Je m'éclaircis, monsieur le juge. Or, qu'elle voulait un enfant et qu'elle me demandait ma participation. Je ne fis pas de difficultés, et elle me promit cent francs. La chose accordée et réglée, elle refuse aujourd'hui sa promesse. Je la réclame devant vous, monsieur le juge de paix.

LE JUGE DE PAIX. — Je ne vous comprends pas du tout. Vous dites qu'elle voulait un enfant ? Comment ? Quel genre d'enfant ? Un enfant pour l'adopter ?

HIPPOLYTE. — Non, monsieur le juge, un neuf.

LE JUGE DE PAIX. — Qu'entendez-vous par ces mots : « Un neuf » ?

HIPPOLYTE. — J'entends un enfant à naître, que nous aurions ensemble, comme si nous étions mari et femme.

LE JUGE DE PAIX. — Vous me surprenez infiniment. Dans quel but pouvait-elle vous faire cette proposition anormale ?

HIPPOLYTE. — Monsieur le juge, le but ne m'apparut pas au premier abord et je fus aussi un peu intercepté. Comme je ne fais rien sans me rendre compte de tout, je voulus me pénétrer de ses raisons et elle me les énuméra.

Or, son époux, Anthime-Isidore, que vous avez connu comme vous et moi, était mort la semaine d'avant, avec tout son bien en retour à sa famille. Donc, la chose la contrariant, vu l'argent, elle s'en fut trouver un législateur qui la renseigna sur le cas d'une naissance dans les dix mois. Je veux dire que si elle accouchait dans les dix mois après l'extinction de feu Anthime Isidore, le produit était considéré comme légitime et donnait droit à l'héritage.

Elle se résolut sur-le-champ à courir les conséquences et elle s'en vint me trouver à la sortie de l'église comme j'ai eu l'honneur de vous le dire, vu que je suis père légitime de huit enfants, tous viables, dont mon premier est épicier à Caen, département du Calvados, et uni en légitime mariage à Victoire-Élisabeth Rabou...

LE JUGE DE PAIX. — Ces détails sont inutiles. Revenez au fait.

HIPPOLYTE. – J'y entre, monsieur le juge. Donc elle me dit : «Si tu réussis, je te donnerai cent francs dès que j'aurai fait constater la grossesse par le médecin.»

Or, je me mis en état, monsieur le juge, d'être à même de la satisfaire. Au bout de six semaines ou deux mois, en effet, j'appris avec satisfaction la réussite. Mais ayant demandé les cent francs, elle me les refusa. Je les réclamai de nouveau à diverses reprises sans obtenir un radis. Elle me traita même de flibustier et d'impuissant, dont la preuve du contraire est de la regarder.

LE JUGE DE PAIX. – Qu'avez-vous à dire, femme Luneau ?

MADAME LUNEAU. – Je dis, monsieur le juge de paix, que cet homme est un flibustier !

LE JUGE DE PAIX. – Quelle preuve apportez-vous à l'appui de cette assertion ?

MADAME LUNEAU (rouge, suffoquant, balbutiant). – Quelle preuve ? quelle preuve ? Je n'en ai pas eu une, de preuve, de vraie, de preuve que l'enfant n'est pas à lui. Non, pas à lui, monsieur le juge, j'en jure sur la tête de mon défunt mari, pas à lui.

LE JUGE DE PAIX. – À qui est-il donc, dans ce cas ?

MADAME LUNEAU (bégayant de colère). – Je sais ti, moi, je sais ti ? À tout le monde, pardi. Tenez, v'là mes témoins, monsieur le juge ; les v'là tous. Ils sont six. Tirez-leur des dépositions, tirez-leur. Ils répondront...

LE JUGE DE PAIX. – Calmez-vous, madame Luneau, calmez-vous et répondez froidement. Quelles raisons avez-vous de douter que cet homme soit le père de l'enfant que vous portez ?

MADAME LUNEAU. – Quelles raisons ? J'en ai cent pour une, cent, deux cents, cinq cents, dix mille, un million et plus, de raisons. Vu qu'après lui avoir fait la proposition que vous savez avec promesse de cent francs, j'appris qu'il était cocu, sauf votre respect, monsieur le juge, et que les siens n'étaient pas à lui, ses enfants, pas à lui, pas un.

HIPPOLYTE LACOUR (avec calme). – C'est des menteries.

MADAME LUNEAU (exaspérée). – Des menteries ! des menteries ! Si on peut dire ! À preuve que sa femme s'est fait rencontrer par tout le monde, que je vous dis, par tout le monde. Tenez, v'là mes témoins, m'sieur le juge de paix. Tirez-leur des dépositions.

HIPPOLYTE LACOUR (froidement). — C'est des menteries.

MADAME LUNEAU. — Si on peut dire ! Et les rouges, c'est-il toi qui les as faits, les rouges ?

LE JUGE DE PAIX. — Pas de personnalités, s'il vous plaît, ou je serai contraint de sévir.

MADAME LUNEAU. — Donc, la doutance m'étant venue sur ses capacités, je me dis, comme on dit, que deux précautions valent mieux qu'une, et je comptai mon affaire à Césaire Lepic, que voilà, mon témoin ; qu'il me dit : « À votre disposition, madame Luneau », et qu'il m'a prêté son concours pour le cas où Hippolyte aurait fait défaut. Mais vu qu'alors ça fut connu des autres témoins que je voulais me prémunir, il s'en est trouvé plus de cent, si j'avais voulu, monsieur le juge.

Le grand que vous voyez là, celui qui s'appelle Lucas Chandelier, m'a juré alors que j'avais tort de donner les cent francs à Hippolyte Lacour, vu qu'il n'avait pas fait plus que l's'autres qui ne réclamaient rien.

HIPPOLYTE. — Fallait point me les promettre, alors. Moi j'ai compté, monsieur le juge. Avec moi, pas d'erreur : chose promise, chose tenue.

MADAME LUNEAU (hors d'elle). — Cent francs ! cent francs ! Cent francs pour ça, flibustier, cent francs ! Ils ne m'ont rien demandé, eusse, rien de rien. Tiens, les v'là, ils sont six. Tirez-leur des dépositions, monsieur le juge de paix, ils répondront pour sûr, ils répondront. (*À Hippolyte*.) « Guette-les donc, flibustier, s'ils te valent pas. Ils sont six, j'en aurais eu cent, deux cents, cinq cents, tant que j'aurais voulu, pour rien ! flibustier !

HIPPOLYTE. — Quand y en aurait cent mille !...

MADAME LUNEAU. — Oui, cent mille, si j'avais voulu...

HIPPOLYTE. — Je n'en ai pas moins fait mon devoir... ça ne change pas nos conventions.

MADAME LUNEAU (tapant à deux mains sur son ventre). — Eh bien, prouve que c'est toi, prouve-le, prouve-le, flibustier. J' t'en défie !

HIPPOLYTE (avec calme). — C'est p't-être pas plus moi qu'un autre. Ça n'empêche que vous m'avez promis cent francs pour ma part. Fallait pas vous adresser à tout le monde ensuite. Ça ne change rien. J' l'aurais bien fait tout seul.

MADAME LUNEAU. – C'est pas vrai ! Flibustier ! Interpellez mes témoins, monsieur le juge de paix. Ils répondront pour sûr.

Le juge de paix appelle les témoins à décharge. Ils sont six, rouges, les mains ballantes, intimidés.

LE JUGE DE PAIX. – Lucas Chandelier, avez-vous lieu de présumer que vous soyez le père de l'enfant que Mme Luneau porte dans son flanc ?

LUCAS CHANDELIER. – Oui, m'sieu.

LE JUGE DE PAIX. – Célestin-Pierre Sidoine, avez-vous lieu de présumer que vous soyez le père de l'enfant que Mme Luneau porte dans son flanc ?

CÉLESTIN-PIERRE SIDOINE. – Oui, m'sieu.

(Les quatre autres témoins déposent identiquement de la même façon.)

Le juge de paix, après s'être recueilli prononce :

«Attendu que si Hippolyte Lacour a lieu de s'estimer le père de l'enfant que réclamait Mme Luneau, les nommés Lucas Chandelier, etc., etc., ont des raisons analogues, sinon prépondérantes, de réclamer la même paternité ;

«Mais attendu que Mme Luneau avait primitivement invoqué l'assistance de Hippolyte Lacour, moyennant une indemnité convenue et consentie de cent francs ;

«Attendu pourtant que si on peut estimer entière la bonne foi du sieur Lacour, il est permis de contester son droit strict de s'engager d'une pareille façon, étant donné que le plaignant est marié, et tenu par la loi à rester fidèle à son épouse légitime ;

«Attendu, en outre, etc., etc., etc.,

«Condamne Mme Luneau à vingt-cinq francs de dommages-intérêts envers le sieur Hippolyte Lacour, pour perte de temps et détournement insolite.»

UN SAGE

Au baron de Vaux.

Blérot était mon ami d'enfance, mon plus cher camarade ; nous n'avions rien de secret. Nous étions liés par une amitié profonde des cœurs et des esprits, une intimité fraternelle, une confiance absolue l'un dans l'autre. Il me disait ses plus délicates pensées, jusqu'à ces petites hontes de la conscience qu'on ose à peine s'avouer à soi-même. J'en faisais autant pour lui.

J'avais été confident de toutes ses amours. Il l'avait été de toutes les miennes.

Quand il m'annonça qu'il allait se marier, j'en fus blessé comme d'une trahison. Je sentis que c'était fini de cette cordiale et absolue affection qui nous unissait. Sa femme était entre nous. L'intimité du lit établit entre deux êtres, même quand ils ont cessé de s'aimer, une sorte de complicité, d'alliance mystérieuse. Ils sont, l'homme et la femme, comme deux associés discrets qui se défient de tout le monde. Mais ce lien si serré, que noue le baiser conjugal, cesse brusquement du jour où la femme prend un amant.

Je me rappelle comme d'hier toute la cérémonie du mariage de Blérot. Je n'avais pas voulu assister au contrat, ayant peu de goût pour ces sortes d'événements ; j'allai seulement à la mairie et à l'église.

Sa femme, que je ne connaissais point, était une grande jeune fille, blonde, un peu mince, jolie, avec des yeux pâles, des cheveux pâles, un teint pâle, des mains pâles. Elle marchait avec un léger mouvement onduleux, comme si elle eût été portée par une barque. Elle semblait faire en avançant une suite de longues révérences gracieuses.

Blérot en paraissait fort amoureux. Il la regardait sans cesse, et je sentais frémir en lui un désir immodéré de cette femme.

J'allai le voir au bout de quelques jours. Il me dit : « Tu ne te figures pas comme je suis heureux. Je l'aime follement. D'ailleurs elle est... elle est... » Il n'acheva pas sa phrase, mais posant deux doigts sur sa bouche, il fit un geste qui signifie : divine, exquise, parfaite, et bien d'autres choses encore.

Je demandai en riant : « Tant que ça ? »

Il répondit : « Tout ce que tu peux rêver ! »

Il me présenta. Elle fut charmante, familière comme il faut, me dit que la maison était mienne. Mais je sentais bien qu'il n'était plus mien, lui, Blérot. Notre intimité était coupée nette. C'est à peine si nous trouvions quelque chose à nous dire.

Je m'en allai. Puis je fis un voyage en Orient. Je revins par la Russie, l'Allemagne, la Suède et la Hollande.

Je ne rentrai à Paris qu'après dix-huit mois d'absence.

Le lendemain de mon arrivée, comme j'errais sur le boulevard pour reprendre l'air de Paris, j'aperçus, venant à moi, un homme fort pâle, aux traits creusés, qui ressemblait à Blérot autant qu'un phtisique décharné peut ressembler à un fort garçon rouge et bedonnant un peu. Je le regardais, surpris, inquiet, me demandant : « Est-ce lui ? » Il me vit, poussa un cri, tendit les bras. J'ouvris les miens, et nous nous embrassâmes en plein boulevard.

Après quelques allées et venues de la rue Drouot au Vaudeville, comme nous nous disposions à nous séparer, car il paraissait déjà exténué d'avoir marché, je lui dis : « Tu n'as pas l'air bien portant. Es-tu malade ? » Il répondit : « Oui, un peu souffrant. »

Il avait l'apparence d'un homme qui va mourir ; et un flot d'affection me monta au cœur pour ce vieux et si cher ami, le seul que j'aie jamais eu. Je lui serrai les mains.

« Qu'est-ce que tu as donc ? Souffres-tu ?

— Non, un peu de fatigue. Ce n'est rien.

— Que dit ton médecin ?...

– Il parle d'anémie et m'ordonne du fer et de la viande rouge. »

Un soupçon me traversa l'esprit. Je demandai :

« Es-tu heureux ?

– Oui, très heureux.

– Tout à fait heureux ?

– Tout à fait.

– Ta femme ?...

– Charmante. Je l'aime plus que jamais. »

Mais je m'aperçus qu'il avait rougi. Il paraissait embarrassé comme s'il eût craint de nouvelles questions. Je lui saisis le bras, je le poussai dans un café vide à cette heure, je le fis asseoir de force, et, les yeux dans les yeux :

« Voyons, mon vieux René, dis-moi la vérité. » Il balbutia : « Mais je n'ai rien à te dire. »

Je repris d'une voix ferme : « Ce n'est pas vrai. Tu es malade, malade de cœur sans doute, et tu n'oses révéler à personne ton secret. C'est quelque chagrin qui te ronge. Mais tu me le diras à moi. Voyons, j'attends. »

Il rougit encore, puis bégaya, en tournant la tête :

« C'est stupide !... mais je suis... je suis foutu !... »

Comme il se taisait, je repris : « Ça, voyons, parle. » Alors il prononça brusquement, comme s'il eût jeté hors de lui une pensée torturante, inavouée encore :

« Eh bien ! j'ai une femme qui me tue... voilà. »

Je ne comprenais pas. « Elle te rend malheureux. Elle te fait souffrir jour et nuit ? Mais comment ? En quoi ? »

Il murmura d'une voix faible, comme s'il se fût confessé d'un crime : « Non... je l'aime trop. »

Je demeurai interdit devant cet aveu brutal. Puis une envie de rire me saisit, puis, enfin, je pus répondre :

« Mais il me semble que tu... que tu pourrais... l'aimer moins. »

Il était redevenu très pâle. Il se décida enfin à me parler à cœur ouvert, comme autrefois :

« Non. Je ne peux pas. Et je meurs. Je le sais. Je meurs. Je me tue. Et j'ai peur. Dans certains jours, comme aujourd'hui, j'ai envie de la quitter, de m'en aller pour tout à fait, de partir au bout du monde, pour vivre, pour vivre longtemps. Et puis, quand le soir vient, je rentre à la maison, malgré moi, à petits pas, l'esprit torturé. Je monte l'escalier lentement. Je sonne. Elle est là, assise dans un fauteuil. Elle me dit : "Comme tu viens tard." Je l'embrasse. Puis nous nous mettons à table. Je pense tout le temps pendant le repas : "Je vais sortir après le dîner et je prendrai le train pour aller n'importe où." Mais quand nous retournons au salon, je me sens tellement fatigué que je n'ai plus le courage de me lever. Je reste. Et puis... et puis... Je succombe toujours... »

Je ne pus m'empêcher de sourire encore. Il le vit et reprit : « Tu ris, mais je t'assure que c'est horrible.

– Pourquoi, lui dis-je, ne préviens-tu pas ta femme ? À moins d'être un monstre, elle comprendrait. »

Il haussa les épaules. « Oh ! tu en parles à ton aise. Si je ne la préviens pas, c'est que je connais sa nature. As-tu jamais entendu dire de certaines femmes :

« "Elle en est à son troisième mari" ? Oui, n'est-ce pas, et cela t'a fait sourire, comme tout à l'heure. Et pourtant, c'était vrai. Qu'y faire ? Ce n'est ni sa faute, ni la mienne. Elle est ainsi, parce que la nature l'a faite ainsi. Elle a, mon cher, un tempérament de Messaline. Elle l'ignore, mais je le sais bien, tant pis pour moi. Et elle est charmante, douce, tendre, trouvant naturelles et modérées nos caresses folles qui m'épuisent, qui me tuent. Elle a l'air d'une pensionnaire ignorante. Et elle est ignorante, la pauvre enfant.

« Oh ! je prends chaque jour des résolutions énergiques. Comprends donc que je meurs. Mais il me suffit d'un regard de ses yeux, un de ces regards où je lis le désir ardent de ses lèvres, et je succombe aussitôt, me disant :

"C'est la dernière fois. Je ne veux plus de ces baisers mortels." Et puis, quand j'ai encore cédé, comme aujourd'hui, je sors, je vais devant moi en pensant à la mort ; en me disant que je suis perdu, que c'est fini.

« J'ai l'esprit tellement frappé, tellement malade, qu'hier j'ai été faire un tour au Père-Lachaise. Je regardais ces tombes alignées comme des dominos. Et je pensais : "Je serai là, bientôt." Je suis rentré, bien résolu à me dire malade, à la fuir. Je n'ai pas pu.

« Oh ! tu ne connais pas cela. Demande à un fumeur que la nicotine empoisonne s'il peut renoncer à son habitude délicieuse et mortelle. Il te dira qu'il a essayé cent fois

sans y parvenir. Et il ajoutera : "Tant pis. J'aime mieux
en mourir." Je suis ainsi. Quand on est pris dans l'engre-
nage d'une pareille passion ou d'un pareil vice, il faut y
passer tout entier. »

Il se leva, me tendit la main. Une colère tumultueuse
m'envahissait, une colère haineuse contre cette femme,
contre la femme, contre cet être inconscient, charmant,
terrible. Il boutonnait son paletot pour s'en aller. Je lui
jetai brutalement par la face : « Mais, sacrebleu, donne-lui
des amants plutôt que de te laisser tuer ainsi. »

Il haussa encore les épaules, sans répondre, et s'éloigna.

Je fus six mois sans le revoir. Je m'attendais chaque
matin à recevoir une lettre de faire-part me priant à son
enterrement. Mais je ne voulais point mettre les pieds chez
lui, obéissant à un sentiment compliqué, fait de mépris
pour cette femme et pour lui, de colère, d'indignation, de
mille sensations diverses.

Je me promenais aux Champs-Élysées par un beau jour
de printemps. C'était un de ces après-midi tièdes qui remuent
en nous des joies secrètes, qui nous allument les yeux et
versent sur nous un tumultueux bonheur de vivre. Quelqu'un
me frappa sur l'épaule. Je me retournai : c'était lui ; c'était
lui, superbe, bien portant, rose, gras, ventru.

Il me tendit les deux mains, épanoui de plaisir, et criant :
« Te voilà donc, lâcheur ? »

Je le regardais, perclus de surprise : « Mais... oui. Bigre,
mes compliments. Tu as changé depuis six mois. »

Il devint cramoisi, et reprit, en riant faux : « On fait ce
qu'on peut. »

Je le regardais avec une obstination qui le gênait visi-
blement. Je prononçai : « Alors... tu es... tu es guéri ? »

Il balbutia très vite : « Oui, tout à fait. Merci. » Puis,
changeant de ton : « Quelle chance de te rencontrer, mon
vieux. Hein ! on va se revoir maintenant, et souvent
j'espère ? »

Mais je ne lâchais point mon idée. Je voulais savoir. Je
demandai : « Voyons, tu te rappelles bien la confidence
que tu m'as faite, voilà six mois... Alors..., alors..., tu
résistes maintenant. »

Il articula en bredouillant : « Mettons que je ne t'ai rien

dit, et laisse-moi tranquille. Mais tu sais, je te trouve et je te garde. Tu viens dîner à la maison. »

Une envie folle me saisit soudain de voir cet intérieur, de comprendre. J'acceptai.

Deux heures plus tard, il m'introduisait chez lui.

Sa femme me reçut d'une façon charmante. Elle avait un air simple, adorablement naïf et distingué qui ravissait les yeux. Ses longues mains, sa joue, son cou étaient d'une blancheur et d'une finesse exquises ; c'était là de la chair fine et noble, de la chair de race. Et elle marchait toujours avec ce long mouvement de chaloupe comme si chaque jambe, à chaque pas, eût légèrement fléchi.

René l'embrassa sur le front, fraternellement et demanda : « Lucien n'est pas encore arrivé ? »

Elle répondit, d'une voix claire et légère : « Non, pas encore, mon ami. Tu sais qu'il est toujours un peu en retard. »

Le timbre retentit. Un grand garçon parut, fort brun, avec des joues velues et un aspect d'hercule mondain. On nous présenta l'un à l'autre. Il s'appelait : Lucien Delabarre.

René et lui se serrèrent énergiquement les mains. Et puis on se mit à table.

Le dîner fut délicieux, plein de gaieté. René ne cessait de me parler, familièrement, cordialement, franchement, comme autrefois. C'était : « Tu sais, mon vieux. Dis donc, mon vieux. Écoute mon vieux. » Puis soudain il s'écriait : « Tu ne te doutes pas du plaisir que j'ai à te retrouver. Il me semble que je renais. »

Je regardais sa femme et l'autre. Ils demeuraient parfaitement corrects. Il me sembla pourtant une ou deux fois qu'ils échangeaient un rapide et furtif coup d'œil.

Dès qu'on eut achevé le repas, René se tournant vers sa femme, déclara : « Ma chère amie, j'ai retrouvé Pierre et je l'enlève ; nous allons bavarder le long du boulevard, comme jadis. Tu nous pardonneras cette équipée... de garçons. Je te laisse d'ailleurs M. Delabarre. »

La jeune femme sourit et me dit, en me tendant la main : « Ne le gardez pas trop longtemps. »

Et nous voilà, bras dessus, bras dessous, dans la rue. Alors, voulant savoir à tout prix : « Voyons, que s'est-il passé ? Dis-moi ?... » Mais il m'interrompit brusquement, et du ton grognon d'un homme tranquille qu'on dérange sans raison, il répondit : «Ah ça! mon vieux, fiche-moi donc la paix avec tes questions!» Puis il ajouta à mi-voix, comme se parlant à lui-même, avec cet air convaincu des gens qui ont pris une sage résolution : «C'était trop bête de se laisser crever comme ça, à la fin.»

Je n'insistai pas. Nous marchions vite. Nous nous mîmes à bavarder. Et tout à coup il me souffla dans l'oreille : «Si nous allions voir des filles, hein?»

Je me mis à rire franchement. «Comme tu voudras. Allons, mon vieux.»

LE PARAPLUIE

À Camille Oudinot.

Mme Oreille était économe. Elle savait la valeur d'un sou et possédait un arsenal de principes sévères sur la multiplication de l'argent. Sa bonne, assurément, avait grand mal à faire danser l'anse du panier ; et M. Oreille n'obtenait sa monnaie de poche qu'avec une extrême difficulté. Ils étaient à leur aise, pourtant, et sans enfants ; mais Mme Oreille éprouvait une vraie douleur à voir les pièces blanches sortir de chez elle. C'était comme une déchirure pour son cœur ; et, chaque fois qu'il lui avait fallu faire une dépense de quelque importance, bien qu'indispensable, elle dormait fort mal la nuit suivante.

Oreille répétait sans cesse à sa femme :

« Tu devrais avoir la main plus large, puisque nous ne mangeons jamais nos revenus. »

Elle répondait :

« On ne sait jamais ce qui peut arriver. Il vaut mieux avoir plus que moins. »

C'était une petite femme de quarante ans, vive, ridée, propre et souvent irritée.

Son mari, à tout moment, se plaignait des privations qu'elle lui faisait endurer. Il en était certaines qui lui devenaient particulièrement pénibles, parce qu'elles atteignaient sa vanité.

Il était commis principal au ministère de la Guerre, demeuré là uniquement pour obéir à sa femme, pour augmenter les rentes inutilisées de la maison.

Or, pendant deux ans, il vint au bureau avec le même parapluie rapiécé qui donnait à rire à ses collègues. Las enfin de leurs quolibets, il exigea que Mme Oreille lui achetât un nouveau parapluie. Elle en prit un de huit francs cinquante, article de réclame d'un grand magasin. Les employés, en apercevant cet objet jeté dans Paris par milliers recommencèrent leurs plaisanteries, et Oreille en souffrit horriblement. Le parapluie ne valait rien. En trois mois, il fut hors de service, et la gaieté devint générale dans le ministère. On fit même une chanson qu'on entendait du matin au soir, du haut en bas de l'immense bâtiment.

Oreille, exaspéré, ordonna à sa femme de lui choisir un nouveau riflard, en soie fine, de vingt francs, et d'apporter une facture justificative.

Elle en acheta un de dix-huit francs, et déclara, rouge d'irritation, en le remettant à son époux :

« Tu en as là pour cinq ans au moins. »

Oreille, triomphant, obtint un vrai succès au bureau.

Lorsqu'il rentra le soir, sa femme, jetant un regard inquiet sur le parapluie, lui dit :

« Tu ne devrais pas le laisser serré avec l'élastique, c'est le moyen de couper la soie. C'est à toi d'y veiller, parce que je ne t'en achèterai pas un de sitôt. »

Elle le prit, dégrafa l'anneau et secoua les plis. Mais elle demeura saisie d'émotion. Un trou rond, grand comme un centime, lui apparut au milieu du parapluie. C'était une brûlure de cigare !

Elle balbutia :

« Qu'est-ce qu'il a ? »

Son mari répondit tranquillement, sans regarder :

« Qui, quoi ? Que veux-tu dire ? »

La colère l'étranglait maintenant ; elle ne pouvait plus parler :

« Tu... tu... tu as brûlé... ton... ton... parapluie. Mais tu... tu... tu es donc fou !... Tu veux nous ruiner ! »

Il se retourna, se sentant pâlir :

« Tu dis ?

– Je dis que tu as brûlé ton parapluie. Tiens !... »

Et, s'élançant vers lui comme pour le battre, elle lui mit violemment sous le nez la petite brûlure circulaire.

Il restait éperdu devant cette plaie, bredouillant :

«Ça, ça... qu'est-ce que c'est? Je ne sais pas, moi! Je n'ai rien fait, rien, je te le jure. Je ne sais pas ce qu'il a, moi, ce parapluie?»

Elle criait maintenant:

«Je parie que tu as fait des farces avec lui dans ton bureau, que tu as fait le saltimbanque, que tu l'as ouvert pour le montrer.»

Il répondit:

«Je l'ai ouvert une seule fois pour montrer comme il était beau. Voilà tout. Je te le jure.»

Mais elle trépignait de fureur, et elle lui fit une de ces scènes conjugales qui rendent le foyer familial plus redoutable pour un homme pacifique qu'un champ de bataille où pleuvent les balles.

Elle ajusta une pièce avec un morceau de soie coupé sur l'ancien parapluie, qui était de couleur différente; et, le lendemain, Oreille partit, d'un air humble, avec l'instrument raccommodé. Il le posa dans son armoire et n'y pensa plus que comme on pense à quelque mauvais souvenir.

Mais, à peine fut-il rentré, le soir, sa femme lui saisit son parapluie dans les mains, l'ouvrit pour constater son état, et demeura suffoquée devant un désastre irréparable. Il était criblé de petits trous provenant évidemment de brûlures, comme si on eût vidé dessus la cendre d'une pipe allumée. Il était perdu, perdu sans remède.

Elle contemplait cela sans dire un mot, trop indignée pour qu'un son pût sortir de sa gorge. Lui aussi, il constatait le dégât et il restait stupide, épouvanté, consterné.

Puis ils se regardèrent; puis il baissa les yeux; puis il reçut par la figure l'objet crevé qu'elle lui jetait; puis elle cria, retrouvant sa voix dans un emportement de fureur:

«Ah! canaille! canaille! Tu en as fait exprès! Mais tu me le payeras! Tu n'en auras plus...»

Et la scène recommença. Après une heure de tempête, il put enfin s'expliquer. Il jura qu'il n'y comprenait rien; que cela ne pouvait provenir que de malveillance ou de vengeance.

Un coup de sonnette le délivra. C'était un ami qui devait dîner chez eux.

Mme Oreille lui soumit le cas. Quant à acheter un nouveau parapluie, c'était fini, son mari n'en aurait plus.

L'ami argumenta avec raison :

« Alors, madame, il perdra ses habits, qui valent certes davantage. »

La petite femme, toujours furieuse, répondit :

« Alors il prendra un parapluie de cuisine, je ne lui en donnerai pas un nouveau en soie. »

À cette pensée, Oreille se révolta.

« Alors je donnerai ma démission, moi ! Mais je n'irai pas au ministère avec un parapluie de cuisine. »

L'ami reprit :

« Faites recouvrir celui-là, ça ne coûte pas très cher. »

Mme Oreille, exaspérée, balbutiait :

« Il faut au moins huit francs pour le faire recouvrir. Huit francs et dix-huit, cela fait vingt-six ! Vingt-six francs pour un parapluie, mais c'est de la folie ! c'est de la démence ! »

L'ami, bourgeois pauvre, eut une inspiration :

« Faites-le payer par votre assurance. Les compagnies payent les objets brûlés, pourvu que le dégât ait eu lieu dans votre domicile. »

À ce conseil, la petite femme se calma net ; puis, après une minute de réflexion, elle dit à son mari :

« Demain, avant de te rendre à ton ministère, tu iras dans les bureaux de la *Maternelle* faire constater l'état de ton parapluie et réclamer le payement. »

M. Oreille eut un soubresaut.

« Jamais de la vie je n'oserai ! C'est dix-huit francs de perdus, voilà tout. Nous n'en mourrons pas. »

Et il sortit le lendemain avec une canne. Il faisait beau, heureusement.

Restée seule à la maison, Mme Oreille ne pouvait se consoler de la perte de ses dix-huit francs. Elle avait le parapluie sur la table de la salle à manger, et elle tournait autour, sans parvenir à prendre une résolution.

La pensée de l'Assurance lui revenait à tout instant, mais elle n'osait pas non plus affronter les regards railleurs des messieurs qui la recevraient, car elle était timide devant le monde, rougissant pour un rien, embarrassée dès qu'il lui fallait parler à des inconnus.

Cependant le regret des dix-huit francs la faisait souffrir comme une blessure. Elle n'y voulait plus songer, et sans cesse le souvenir de cette perte la martelait douloureusement. Que faire cependant? Les heures passaient; elle ne se décidait à rien. Puis, tout à coup, comme les poltrons qui deviennent crânes, elle prit sa résolution :

« J'irai, et nous verrons bien ! »

Mais il lui fallait d'abord préparer le parapluie pour que le désastre fût complet et la cause facile à soutenir. Elle prit une allumette sur la cheminée et fit, entre les baleines, une grande brûlure, large comme la main ; puis elle roula délicatement ce qui restait de la soie, la fixa avec le cordelet élastique, mit son châle et son chapeau, et descendit d'un pied pressé vers la rue de Rivoli où se trouvait l'Assurance.

Mais, à mesure qu'elle approchait, elle ralentissait le pas. Qu'allait-elle dire? Qu'allait-on lui répondre?

Elle regardait les numéros des maisons. Elle en avait encore vingt-huit. Très bien ! elle pouvait réfléchir. Elle allait de moins en moins vite. Soudain elle tressaillit. Voici la porte, sur laquelle brille en lettres d'or : « *La Maternelle*, Compagnie d'Assurances contre l'incendie. » Déjà ! Elle s'arrêta une seconde, anxieuse, honteuse, puis passa, puis revint, puis passa de nouveau, puis revint encore.

Elle se dit enfin :

« Il faut y aller, pourtant. Mieux vaut plus tôt que plus tard. »

Mais, en pénétrant dans la maison, elle s'aperçut que son cœur battait.

Elle entra dans une vaste pièce avec des guichets tout autour ; et, par chaque guichet, on apercevait une tête d'homme dont le corps était masqué par un treillage.

Un monsieur parut, portant des papiers. Elle s'arrêta et, d'une petite voix timide :

« Pardon, monsieur, pourriez-vous me dire où il faut s'adresser pour se faire rembourser les objets brûlés ? »

Il répondit, avec un timbre sonore :

« Premier, à gauche. Au bureau des sinistres. »

Ce mot l'intimida davantage encore ; et elle eut envie de se sauver, de ne rien dire, de sacrifier ses dix-huit francs.

Mais à la pensée de cette somme, un peu de courage lui revint, et elle monta, essoufflée, s'arrêtant à chaque marche.

Au premier, elle aperçut une porte, elle frappa. Une voix claire cria :

« Entrez ! »

Elle entra, et se vit dans une grande pièce où trois messieurs, debout, décorés, solennels, causaient.

Un d'eux lui demanda :

« Que désirez-vous, madame ? »

Elle ne trouvait plus ses mots, elle bégaya :

« Je viens... je viens... pour... pour un sinistre. »

Le monsieur, poli, montra un siège.

« Donnez-vous la peine de vous asseoir, je suis à vous dans une minute. »

Et, retournant vers les deux autres, il reprit la conversation.

« La Compagnie, messieurs, ne se croit pas engagée envers vous pour plus de quatre cent mille francs. Nous ne pouvons admettre vos revendications pour les cent mille francs que vous prétendez nous faire payer en plus. L'estimation d'ailleurs... »

Un des deux autres l'interrompit :

« Cela suffit, monsieur, les tribunaux décideront. Nous n'avons plus qu'à nous retirer. »

Et ils sortirent après plusieurs saluts cérémonieux.

Oh ! si elle avait osé partir avec eux, elle l'aurait fait ; elle aurait fui, abandonnant tout ! Mais le pouvait-elle ? Le monsieur revint et, s'inclinant :

« Qu'y a-t-il pour votre service, madame ? »

Elle articula péniblement :

« Je viens pour... pour ceci. »

Le directeur baissa les yeux, avec un étonnement naïf, vers l'objet qu'elle lui tendait.

Elle essayait, d'une main tremblante, de détacher l'élastique. Elle y parvint après quelques efforts, et ouvrit brusquement le squelette loqueteux du parapluie.

L'homme prononça, d'un ton compatissant :

« Il me paraît bien malade. »

Elle déclara avec hésitation :

« Il m'a coûté vingt francs. »

Il s'étonna :

« Vraiment ! Tant que ça ?

– Oui, il était excellent. Je voulais vous faire constater son état.

– Fort bien ; je vois. Fort bien. Mais je ne saisis pas en quoi cela peut me concerner. »

Une inquiétude la saisit. Peut-être cette compagnie-là ne payait-elle pas les menus objets, et elle dit :

« Mais... il est brûlé... »

Le monsieur ne nia pas :

« Je le vois bien. »

Elle restait bouche béante, ne sachant plus que dire ; puis, soudain, comprenant son oubli, elle prononça avec précipitation :

« Je suis Mme Oreille. Nous sommes assurés à la *Maternelle* ; et je viens vous réclamer le prix de ce dégât. »

Elle se hâta d'ajouter dans la crainte d'un refus positif :

« Je demande seulement que vous le fassiez recouvrir. »

Le directeur, embarrassé, déclara :

« Mais... madame... nous ne sommes pas marchands de parapluies. Nous ne pouvons nous charger de ces genres de réparations. »

La petite femme sentait l'aplomb lui revenir. Il fallait lutter. Elle lutterait donc ! Elle n'avait plus peur ; elle dit :

« Je demande seulement le prix de la réparation. Je la ferai bien faire moi-même. »

Le monsieur semblait confus :

« Vraiment, madame, c'est bien peu. On ne nous demande jamais d'indemnité pour des accidents d'une si minime importance. Nous ne pouvons rembourser, convenez-en, les mouchoirs, les gants, les balais, les savates, tous les petits objets qui sont exposés chaque jour à subir des avaries par la flamme. »

Elle devint rouge, sentant la colère l'envahir :

« Mais, monsieur, nous avons eu, au mois de décembre dernier, un feu de cheminée qui nous a causé au moins pour cinq cents francs de dégâts ; M. Oreille n'a rien réclamé à la compagnie ; aussi il est bien juste aujourd'hui qu'elle me paye mon parapluie ! »

Le directeur, devinant le mensonge, dit en souriant :

« Vous avouerez, madame, qu'il est bien étonnant que M. Oreille, n'ayant rien demandé pour un dégât de cinq cents francs, vienne réclamer une réparation de cinq ou six francs pour un parapluie. »

Elle ne se troubla point et répliqua :

« Pardon, monsieur, le dégât de cinq cents francs concernait la bourse de M. Oreille, tandis que le dégât de dix-huit francs concerne la bourse de Mme Oreille, ce qui n'est pas la même chose. »

Il vit qu'il ne s'en débarrasserait pas et qu'il allait perdre sa journée, et il demanda avec résignation :

« Veuillez me dire alors comment l'accident est arrivé. »

Elle sentit la victoire et se mit à raconter :

« Voilà, monsieur : j'ai dans mon vestibule une espèce de chose en bronze où l'on pose les parapluies et les cannes. L'autre jour donc, en rentrant, je plaçai dedans celui-là. Il faut vous dire qu'il y a juste au-dessus une planchette pour mettre les bougies et les allumettes. J'allonge le bras et je prends quatre allumettes. J'en frotte une ; elle rate. J'en frotte une autre ; elle s'allume et s'éteint aussitôt. J'en frotte une troisième ; elle en fait autant. »

Le directeur l'interrompit pour placer un mot d'esprit :

« C'étaient donc des allumettes du gouvernement ? »

Elle ne comprit pas, et continua :

« Ça se peut bien. Toujours est-il que la quatrième prit feu et j'allumai ma bougie ; puis je rentrai dans ma chambre pour me coucher. Mais au bout d'un quart d'heure, il me sembla qu'on sentait le brûlé. Moi j'ai toujours peur du feu. Oh ! si nous avons jamais un sinistre, ce ne sera pas ma faute ! Surtout depuis le feu de cheminée dont je vous ai parlé, je ne vis pas. Je me relève donc, je sors, je cherche, je sens partout comme un chien de chasse, et je m'aperçois enfin que mon parapluie brûle. C'est probablement une allumette qui était tombée dedans. Vous voyez dans quel état ça l'a mis... »

Le directeur en avait pris son parti ; il demanda :

« À combien estimez-vous le dégât ? »

Elle demeura sans parole, n'osant pas fixer un chiffre. Puis elle dit, voulant être large :

« Faites-le réparer vous-même. Je m'en rapporte à vous. »

Il refusa :

« Non, madame, je ne peux pas. Dites-moi combien vous demandez.

– Mais..., il me semble... que... Tenez, monsieur, je ne veux pas gagner sur vous, moi... nous allons faire une chose. Je porterai mon parapluie chez un fabricant qui le recouvrira en bonne soie, en soie durable, et je vous apporterai la facture. Ça vous va-t-il ?

– Parfaitement, madame ; c'est entendu. Voici un mot pour la caisse, qui remboursera votre dépense. »

Et il tendit une carte à Mme Oreille, qui la saisit, puis se leva et sortit en remerciant, ayant hâte d'être dehors, de crainte qu'il ne changeât d'avis.

Elle allait maintenant d'un pas gai par la rue, cherchant un marchand de parapluies qui lui parût élégant. Quand elle eût trouvé une boutique d'allure riche, elle entra et dit, d'une voix assurée :

« Voici un parapluie à recouvrir en soie, en très bonne soie. Mettez-y ce que vous avez de meilleur. Je ne regarde pas au prix. »

LE VERROU

À *Raoul Denisane.*

Les quatre verres devant les dîneurs restaient à moitié pleins maintenant, ce qui indique généralement que les convives le sont tout à fait. On commençait à parler sans écouter les réponses, chacun ne s'occupant que de ce qui se passait en lui; et les voix devenaient éclatantes, les gestes exubérants, les yeux allumés.

C'était un dîner de garçons, de vieux garçons endurcis. Ils avaient fondé ce repas régulier, une vingtaine d'années auparavant, en le baptisant : « le Célibat ». Ils étaient alors quatorze bien décidés à ne jamais prendre femme. Ils restaient quatre maintenant. Trois étaient morts, et les sept autres mariés.

Ces quatre-là tenaient bon; et ils observaient scrupuleusement, autant qu'il était en leur pouvoir, les règles établies au début de cette curieuse association. Ils s'étaient juré, les mains dans les mains, de détourner de ce qu'on appelle le droit chemin toutes les femmes qu'ils pourraient, de préférence celle des amis, de préférence encore celle des amis les plus intimes. Aussi, dès que l'un d'eux quittait la société pour fonder une famille, il avait soin de se fâcher d'une façon définitive avec tous ses anciens compagnons.

Ils devaient, en outre, à chaque dîner, s'entre-confesser, se raconter avec tous les détails et les noms, et les renseignements les plus précis, leurs dernières aventures. D'où cette espèce de dicton devenu familier entre eux : « Mentir comme un célibataire. »

Ils professaient, en outre, le mépris le plus complet pour la Femme, qu'ils traitaient de «Bête à plaisir». Ils citaient à tout instant Schopenhauer, leur dieu; réclamaient le rétablissement des harems et des tours, avaient fait broder sur le linge de table, qui servait au dîner du Célibat, ce précepte ancien : «*Mulier, perpetuus infans*», et, au-dessous, le vers d'Alfred de Vigny :

> La femme, enfant malade et douze fois impure !

De sorte qu'à force de mépriser les femmes, ils ne pensaient qu'à elles, ne vivaient que pour elles, tendaient vers elles tous leurs efforts, tous leurs désirs.

Ceux d'entre eux qui s'étaient mariés, les appelaient vieux galantins, les plaisantaient et les craignaient.

C'était juste au moment de boire le champagne que devaient commencer les confidences au dîner du Célibat.

Ce jour-là, ces vieux, car ils étaient vieux à présent, et plus ils vieillissaient, plus ils se racontaient de surprenantes bonnes fortunes, ces vieux furent intarissables. Chacun des quatre, depuis un mois, avait séduit au moins une femme par jour; et quelles femmes ! Les plus jeunes, les plus nobles, les plus riches, les plus belles !

Quand ils eurent terminé leurs récits, l'un d'eux, celui qui, ayant parlé le premier, avait dû, ensuite, écouter les autres, se leva. «Maintenant que nous avons fini de blaguer, dit-il, je me propose de vous raconter, non pas ma dernière, mais ma première aventure, j'entends la première aventure de ma vie, ma première chute (car c'est une chute) dans les bras d'une femme. Oh! je ne veux pas vous narrer mon... comment dirai-je ?... mon tout premier début, non. Le premier fossé sauté (je dis fossé au figuré) n'a rien d'intéressant. Il est généralement boueux, et on s'en relève un peu sali avec une charmante illusion de moins, un vague dégoût, une pointe de tristesse. Cette réalité de l'amour, la première fois qu'on la touche, répugne un peu; on la rêvait tout autre, plus délicate, plus fine. Il vous en reste une sensation morale et physique d'écœurement comme lorsqu'on a mis la main, par hasard, en des choses poisseuses, et qu'on n'a pas d'eau pour se laver. On a beau frotter, ça reste.

«Oui, mais comme on s'y accoutume bien, et vite! Je te crois, qu'on s'y fait. Cependant... cependant, pour ma part, j'ai toujours regretté de n'avoir pas pu donner de conseils au Créateur au moment où il a organisé cette chose-là. Qu'est-ce que j'aurais imaginé; je ne le sais pas au juste; mais je crois que je l'aurais arrangée autrement. J'aurais cherché une combinaison plus convenable et plus poétique, oui, plus poétique.

«Je trouve que le bon Dieu s'est montré vraiment trop... trop... naturaliste. Il a manqué de poésie dans son invention.

«Donc, ce que je veux vous raconter, c'est ma première femme du monde, la première femme du monde que j'ai séduite. Pardon, je veux dire la première femme du monde qui m'a séduit. Car, au début, c'est nous qui nous laissons prendre, tandis que, plus tard... c'est la même chose.

C'était une amie de ma mère, une femme charmante d'ailleurs. Ces êtres-là, quand ils sont chastes, c'est généralement par bêtise, et quand ils sont amoureux, ils sont enragés. On nous accuse de les corrompre! Ah bien oui! Avec elles, c'est toujours le lapin qui commence, et jamais le chasseur. Oh! elles n'ont pas l'air d'y toucher, je le sais, mais elles y touchent; elles font de nous ce qu'elles veulent sans que cela paraisse; et puis elles nous accusent de les avoir perdues, déshonorées, avilies, que sais-je?

Celle dont je parle nourrissait assurément une furieuse envie de se faire avilir par moi. Elle avait peut-être trente-cinq ans; j'en comptais à peine vingt-deux. Je ne songeais pas plus à la séduire que je ne pensais à me faire trappiste. Or, un jour, comme je lui rendais visite, et que je considérais avec étonnement son costume, un peignoir du matin considérablement ouvert, ouvert comme une porte d'église quand on sonne la messe, elle me prit la main, la serra, vous savez, la serra comme elles serrent dans ces moments-là, et avec un soupir demi-pâmé, ces soupirs qui viennent d'en bas, elle me dit: «Oh! ne me regardez pas comme ça, mon enfant.»

Je devins plus rouge qu'une tomate et plus timide encore que d'habitude, naturellement. J'avais bien envie de m'en aller, mais elle me tenait la main, et ferme... Elle la posa sur sa poitrine, une poitrine bien nourrie; et elle me dit:

« Tenez, sentez mon cœur, comme il bat. » Certes, il battait. Moi, je commençais à saisir, mais je ne savais comment
m'y prendre, ni par où commencer. J'ai changé depuis.

Comme je demeurais toujours une main appuyée sur la
grasse doublure de son cœur, et l'autre main tenant mon
chapeau, et comme je continuais à la regarder avec un
sourire confus, un sourire niais, un sourire de peur, elle se
redressa soudain, et, d'une voix irritée : « Ah çà, que
faites-vous, jeune homme, vous êtes indécent et malappris. »
Je retirai ma main bien vite, je cessai de sourire, et je
balbutiai des excuses, et je me levai, et je m'en allai
abasourdi, la tête perdue.

Mais j'étais pris, je rêvai d'elle. Je la trouvais charmante,
adorable ; je me figurai que je l'aimais, que je l'avais
toujours aimée, je résolus d'être entreprenant, téméraire
même !

Quand je la revis, elle eut pour moi un petit sourire en
coulisse. Oh ! ce petit sourire, comme il me troubla. Et sa
poignée de main fut longue, avec une insistance significative.

À partir de ce jour je lui fis la cour, paraît-il. Du moins
elle m'affirma depuis que je l'avais séduite, captée, dés-
honorée, avec un rare machiavélisme, une habileté
consommée, une persévérance de mathématicien, et des
ruses d'Apache.

Mais une chose me troublait étrangement. En quel lieu
s'accomplirait mon triomphe ? J'habitais dans ma famille,
et ma famille, sur ce point, se montrait intransigeante. Je
n'avais pas l'audace nécessaire pour franchir, une femme
au bras, une porte d'hôtel en plein jour ; je ne savais à qui
demander conseil.

Or, mon amie, en causant avec moi d'une façon badine,
m'affirma que tout jeune homme devait avoir une chambre
en ville. Nous habitions à Paris. Ce fut un trait de lumière,
j'eus une chambre ; elle y vint.

Elle y vint un jour de novembre. Cette visite que j'aurais
voulu différer me troubla beaucoup parce que je n'avais
pas de feu. Et je n'avais pas de feu parce que ma cheminée
fumait. La veille justement j'avais fait une scène à mon
propriétaire, un ancien commerçant, et il m'avait promis
de venir lui-même avec le fumiste, avant deux jours, pour
examiner attentivement les travaux à exécuter.

Dès qu'elle fut entrée, je lui déclarai : « Je n'ai pas de feu, parce que ma cheminée fume. » Elle n'eut même pas l'air de m'écouter, elle balbutia : « Ça ne fait rien, j'en ai... » Et comme je demeurais surpris, elle s'arrêta toute confuse ; puis reprit : « Je ne sais plus ce que je dis... je suis folle... je perds la tête... Qu'est-ce que je fais, Seigneur ! Pourquoi suis-je venue, malheureuse ! Oh ! quelle honte ! quelle honte !... » Et elle s'abattit en sanglotant dans mes bras.

Je crus à ses remords et je lui jurai que je la respecterais. Alors elle s'écroula à mes genoux en gémissant : « Mais tu ne vois donc pas que je t'aime, que tu m'as vaincue, affolée ! »

Aussitôt je crus opportun de commencer les approches. Mais elle tressaillit, se releva, s'enfuit jusque dans une armoire pour se cacher, en criant : « Oh ! ne me regardez pas, non, non. Ce jour me fait honte. Au moins si tu ne me voyais pas, si nous étions dans l'ombre, la nuit, tous les deux. Y songes-tu ? Quel rêve ! Oh ! ce jour ! »

Je me précipitai sur la fenêtre, je fermai les contrevents, je croisai les rideaux, je pendis un paletot sur un filet de lumière qui passait encore ; puis, les mains étendues pour ne pas tomber sur les chaises, le cœur palpitant, je la cherchai, je la trouvai.

Ce fut un nouveau voyage, à deux, à tâtons, les lèvres unies, vers l'autre coin où se trouvait mon alcôve. Nous n'allions pas droit, sans doute, car je rencontrai d'abord la cheminée, puis la commode, puis enfin ce que nous cherchions.

Alors j'oubliai tout dans une extase frénétique. Ce fut une heure de folie, d'emportement, de joie surhumaine ; puis, une délicieuse lassitude nous ayant envahis, nous nous endormîmes, aux bras l'un de l'autre.

Et je rêvai. Mais voilà que dans mon rêve il me sembla qu'on m'appelait, qu'on criait au secours ; puis je reçus un coup violent ; j'ouvris les yeux !...

Oh !... Le soleil couchant, rouge, magnifique, entrant tout entier par ma fenêtre grande ouverte, semblait nous regarder du bord de l'horizon, illuminait d'une lueur d'apothéose mon lit tumultueux, et, couchée dessus, une femme éperdue, qui hurlait, se débattait, se tortillait, s'agitait des pieds et des mains pour saisir un bout de drap, un coin de rideau, n'importe quoi, tandis que, debout au milieu de la chambre, effarés, côte à côte, mon propriétaire en redingote, flanqué du concierge et d'un fumiste noir comme un diable, nous contemplait avec des yeux stupides.

Je me dressai furieux, prêt à lui sauter au collet, et je criai : «Que faites-vous chez moi, nom de Dieu!»

Le fumiste, pris d'un rire irrésistible, laissa tomber la plaque de tôle qu'il portait à la main. Le concierge semblait devenu fou; et le propriétaire balbutia : «Mais, monsieur, c'était... c'était... pour la cheminée... la cheminée...» Je hurlai : «F... ichez le camp, nom de Dieu!»

Alors il retira son chapeau d'un air confus et poli, et, s'en allant à reculons, murmura : «Pardon, monsieur, excusez-moi, si j'avais cru vous déranger, je ne serais pas venu. Le concierge m'avait affirmé que vous étiez sorti. Excusez-moi.» Et ils partirent.

Depuis ce temps-là, voyez-vous, je ne ferme jamais les fenêtres; mais je pousse toujours les verrous.

RENCONTRE

À Édouard Rod.

Ce fut un hasard, un vrai hasard. Le baron d'Étraille, fatigué de rester debout, entra, tous les appartements de la princesse étant ouverts ce soir de fête, dans la chambre à coucher déserte et presque sombre au sortir des salons illuminés.

Il cherchait un siège où dormir, certain que sa femme ne voudrait point partir avant le jour. Il aperçut dès la porte le large lit d'azur à fleurs d'or, dressé au milieu de la vaste pièce, pareil à un catafalque où aurait été enseveli l'amour, car la princesse n'était plus jeune. Par derrière, une grande tache claire donnait la sensation d'un lac vu par une haute fenêtre. C'était la glace, immense, discrète, habillée de draperies sombres qu'on laissait tomber quelquefois, qu'on avait souvent relevées ; et la glace semblait regarder la couche, sa complice. On eût dit qu'elle avait des souvenirs, des regrets, comme ces châteaux que hantent les spectres morts, et qu'on allait voir passer sur sa face unie et vide ces formes charmantes qu'ont les hanches nues des femmes, et les gestes doux des bras quand ils enlacent.

Le baron s'était arrêté souriant, un peu ému au seuil de cette chambre d'amour. Mais soudain, quelque chose apparut dans la glace comme si les fantômes évoqués eussent surgi devant lui. Un homme et une femme, assis sur un divan très bas caché dans l'ombre s'étaient levés. Et le cristal poli, reflétant leurs images, les montrait debout et se baisant aux lèvres avant de se séparer.

Le baron reconnut sa femme et le marquis de Cervigné. Il se retourna et s'éloigna en homme fort et maître de lui ; et il attendit que le jour vînt pour emmener la baronne ; mais il ne songeait plus à dormir.

Dès qu'il fut seul avec elle, il lui dit :

« Madame, je vous ai vue tout à l'heure dans la chambre de la princesse de Raynes. Je n'ai point besoin de m'expliquer davantage. Je n'aime ni les reproches, ni les violences, ni le ridicule. Voulant éviter ces choses, nous allons nous séparer sans bruit. Les hommes d'affaires régleront votre situation suivant mes ordres. Vous serez libre de vivre à votre guise n'étant plus sous mon toit, mais je vous préviens que si quelque scandale a lieu, comme vous continuez à porter mon nom, je serai forcé de me montrer sévère. »

Elle voulut parler ; il l'en empêcha, s'inclina, et rentra chez lui.

Il se sentait plutôt étonné et triste que malheureux. Il l'avait beaucoup aimée dans les premiers temps de leur mariage. Cette ardeur s'était peu à peu refroidie, et maintenant il avait souvent des caprices, soit au théâtre, soit dans le monde, tout en gardant néanmoins un certain goût pour la baronne.

Elle était fort jeune, vingt-quatre ans à peine, petite, singulièrement blonde, et maigre, trop maigre. C'était une poupée de Paris, fine, gâtée, élégante, coquette, assez spirituelle, avec plus de charme que de beauté. Il disait familièrement à son frère en parlant d'elle : « Ma femme est charmante, provocante, seulement... elle ne vous laisse rien dans la main. Elle ressemble à ces verres de champagne où tout est mousse. Quand on a fini par trouver le fond, c'est bon tout de même, mais il y en a trop peu. »

Il marchait dans sa chambre, de long en large, agité et songeant à mille choses. Par moments, des souffles de colère le soulevaient et il sentait des envies brutales d'aller casser les reins du marquis ou le souffleter au cercle. Puis il constatait que cela serait de mauvais goût, qu'on rirait de lui et non de l'autre, et que ces emportements lui venaient bien plus de sa vanité blessée que de son cœur meurtri. Il se coucha, mais ne dormit point.

On apprit dans Paris, quelques jours plus tard, que le baron et la baronne d'Étraille s'étaient séparés à l'amiable pour incompatibilité d'humeur. On ne soupçonna rien, on ne chuchota pas et on ne s'étonna point.

Le baron, cependant, pour éviter des rencontres qui lui seraient pénibles, voyagea pendant un an, puis il passa l'été suivant aux bains de mer, l'automne à chasser et il revint à Paris pour l'hiver. Pas une fois il ne vit sa femme.

Il savait qu'on ne disait rien d'elle. Elle avait soin, au moins, de garder les apparences. Il n'en demandait pas davantage.

Il s'ennuya, voyagea encore, puis restaura son château de Villebosc, ce qui lui demanda deux ans, puis il y reçut ses amis, ce qui l'occupa quinze mois au moins ; puis, fatigué de ce plaisir usé, il rentra dans son hôtel de la rue de Lille, juste six années après la séparation.

Il avait maintenant quarante-cinq ans, pas mal de cheveux blancs, un peu de ventre, et cette mélancolie des gens qui ont été beaux, recherchés, aimés et qui se détériorent tous les jours.

Un mois après son retour à Paris, il prit froid en sortant du cercle et se mit à tousser. Son médecin lui ordonna d'aller finir l'hiver à Nice.

Il partit donc, un lundi soir, par le rapide.

Comme il se trouvait en retard, il arriva alors que le train se mettait en marche. Il y avait une place dans un coupé, il y monta. Une personne était déjà installée sur le fauteuil du fond, tellement enveloppée de fourrures et de manteaux qu'il ne put même deviner si c'était un homme ou une femme. On n'apercevait rien d'elle qu'un long paquet de vêtements. Quand il vit qu'il ne saurait rien, le baron, à son tour, s'installa, mit sa toque de voyage, déploya ses couvertures, se roula dedans, s'étendit et s'endormit.

Il ne se réveilla qu'à l'aurore, et tout de suite il regarda vers son compagnon. Il n'avait point bougé de toute la nuit et il semblait encore en plein sommeil.

M. d'Étraille en profita pour faire sa toilette du matin, brosser sa barbe et ses cheveux, refaire l'aspect de son visage que la nuit change si fort, si fort, quand on atteint un certain âge.

Le grand poète a dit :

Quand on est jeune on a des matins triomphants !

Quand on est jeune, on a de magnifiques réveils, avec la peau fraîche, l'œil luisant, les cheveux brillants de sève.

Quand on vieillit, on a des réveils lamentables. L'œil terne, la joue rouge et bouffie, la bouche épaisse, les cheveux en bouillie et la barbe mêlée donnent au visage un aspect vieux, fatigué, fini.

Le baron avait ouvert son nécessaire de voyage et il rajusta sa physionomie en quelques coups de brosse. Puis il attendit.

Le train siffla, s'arrêta. Le voisin fit un mouvement. Il était sans doute réveillé. Puis la machine repartit. Un rayon de soleil oblique entrait maintenant dans le wagon et tombait juste en travers du dormeur, qui remua de nouveau, donna quelques coups de tête comme un poulet qui sort de sa coquille, et montra tranquillement son visage.

C'était une jeune femme blonde, toute fraîche, fort jolie et grasse. Elle s'assit.

Le baron, stupéfait, la regardait. Il ne savait plus ce qu'il devait croire. Car vraiment on eût juré que c'était... que c'était sa femme, mais sa femme extraordinairement changée... à son avantage, engraissée, oh ! engraissée autant que lui-même, mais en mieux.

Elle le regarda tranquillement, parut ne pas le reconnaître, et se débarrassa avec placidité des étoffes qui l'entouraient.

Elle avait l'assurance calme d'une femme sûre d'elle-même, l'audace insolente du réveil, se sachant, se sentant en pleine beauté, en pleine fraîcheur.

Le baron perdait vraiment la tête.

Était-ce sa femme ? Ou une autre qui lui aurait ressemblé comme une sœur ? Depuis six ans qu'il ne l'avait vue, il pouvait se tromper.

Elle bâilla. Il reconnut son geste. Mais de nouveau elle se tourna vers lui et le parcourut, le couvrit d'un regard tranquille, indifférent, d'un regard qui ne sait rien, puis elle considéra la campagne.

Il demeura éperdu, horriblement perplexe. Il attendit, la guettant de côté, avec obstination.

Mais oui, c'était sa femme, morbleu ! Comment pouvait-il hésiter ? Il n'y en avait pas deux avec ce nez-là ? Mille souvenirs lui revenaient, des souvenirs de caresses, des petits détails de son corps, un grain de beauté sur la hanche, un autre au dos, en face du premier. Comme il les avait souvent baisés ! Il se sentait envahi par une griserie ancienne, retrouvant l'odeur de sa peau, son sourire quand elle lui jetait ses bras sur les épaules, les intonations douces de sa voix, toutes ses câlineries gracieuses.

Mais, comme elle était changée, embellie, c'était elle et ce n'était plus elle. Il la trouvait plus mûre, plus faite, plus femme, plus séduisante, plus désirable, adorablement désirable[1].

Donc cette femme étrangère, inconnue, rencontrée par hasard dans un wagon était à lui, lui appartenait de par la loi. Il n'avait qu'à dire : « Je veux ».

Il avait jadis dormi dans ses bras, vécu dans son amour. Il la retrouvait maintenant si changée qu'il la reconnaissait à peine. C'était une autre et c'était elle en même temps : c'était une autre, née, formée, grandie depuis qu'il l'avait quittée ; c'était elle aussi qu'il avait possédée, dont il retrouvait les attitudes modifiées, les traits anciens plus formés, le sourire moins mignard, les gestes plus assurés. C'étaient deux femmes en une, mêlant une grande part d'inconnu nouveau à une grande part de souvenir aimé. C'était quelque chose de singulier, de troublant, d'excitant, une sorte de mystère d'amour où flottait une confusion délicieuse. C'était sa femme dans un corps nouveau, dans une chair nouvelle que ses lèvres n'avaient point parcourus.

Et il pensait, en effet, qu'en six années tout change en nous. Seul le contour demeure reconnaissable, et quelquefois même il disparaît.

Le sang, les cheveux, la peau, tout recommence, tout se reforme. Et quand on est demeuré longtemps sans se voir, on retrouve un autre être tout différent, bien qu'il soit le même et qu'il porte le même nom.

Et le cœur aussi peut varier, les idées aussi se modifient, se renouvellent, si bien qu'en quarante ans de vie nous

---

1. Cette femme « engraissée autant que lui-même, mais en mieux » a de quoi laisser rêveur le baron d'Étraille. Il est exceptionnel, chez Maupassant, qu'une femme doive à sa grossesse – au « fruit de ses entrailles » – son embellissement. Il suffirait au baron d'attendre quelques mois : après l'accouchement, à coup sûr, le désir s'en irait.

pouvons, par de lentes et constantes transformations, devenir quatre ou cinq êtres absolument *nouveaux* et différents.

Il songeait, troublé jusqu'à l'âme. La pensée lui vint brusquement du soir où il l'avait surprise dans la chambre de la princesse. Aucune fureur ne l'agita. Il n'avait pas sous les yeux la même femme, la petite poupée maigre et vive de jadis.

Qu'allait-il faire ? Comment lui parler ? Que lui dire ? L'avait-elle reconnu, elle ?

Le train s'arrêtait de nouveau. Il se leva, salua et prononça : « Berthe, n'avez-vous besoin de rien ? Je pourrais vous apporter... »

Elle le regarda des pieds à la tête et répondit, sans étonnement, sans confusion, sans colère, avec une placide indifférence : « Non – de rien – merci. »

Il descendit et fit quelques pas sur le quai pour se secouer comme pour reprendre ses sens après une chute. Qu'allait-il faire maintenant ? Monter dans un autre wagon ? Il aurait l'air de fuir. Se montrer galant, empressé ? Il aurait l'air de demander pardon. Parler comme un maître ? Il aurait l'air d'un goujat, et puis, vraiment, il n'en avait plus le droit.

Il remonta et reprit sa place.

Elle aussi, pendant son absence, avait fait vivement sa toilette. Elle était étendue maintenant sur le fauteuil, impassible et radieuse.

Il se tourna vers elle et lui dit : « Ma chère Berthe, puisqu'un hasard bien singulier nous remet en présence après six ans de séparation, de séparation sans violence, allons-nous continuer à nous regarder comme deux ennemis irréconciliables ? Nous sommes enfermés en tête-à-tête ? Tant pis, ou tant mieux. Moi je ne m'en irai pas. Donc n'est-il pas préférable de causer comme... comme... comme... des... amis, jusqu'au terme de notre route ? »

Elle répondit tranquillement : « Comme vous voudrez. »

Alors il demeura court, ne sachant que dire. Puis, ayant de l'audace, il s'approcha, s'assit sur le fauteuil du milieu, et d'une voix galante : « Je vois qu'il faut vous faire la cour, soit. C'est d'ailleurs un plaisir, car vous êtes charmante. Vous ne vous figurez point comme vous avez gagné depuis six ans. Je ne connais pas de femme qui m'ait donné la sensation délicieuse que j'ai eue en vous voyant sortir de vos fourrures, tout à l'heure. Vraiment, je n'aurais pas cru possible un tel changement... »

Elle prononça, sans remuer la tête, et sans le regarder : « Je ne vous en dirai pas autant, car vous avez beaucoup perdu. »

Il rougit, confus et troublé, puis avec un sourire résigné : « Vous êtes dure. »

Elle se tourna vers lui : « Pourquoi ? Je constate. Vous n'avez pas l'intention de m'offrir votre amour, n'est-ce pas ? Donc il est absolument indifférent que je vous trouve bien ou mal. Mais je vois que ce sujet vous est pénible. Parlons d'autre chose. Qu'avez-vous fait depuis que je ne vous ai vu ? »

Il avait perdu contenance, il balbutia : « Moi ? j'ai voyagé, j'ai chassé, j'ai vieilli, comme vous le voyez. Et vous ? »

Elle déclara avec sérénité : « Moi, j'ai gardé les apparences comme vous me l'aviez ordonné. »

Un mot brutal lui vint aux lèvres. Il ne le dit pas, mais prenant la main de sa femme, il la baisa : « Et je vous en remercie. »

Elle fut surprise. Il était fort vraiment, et toujours maître de lui.

Il reprit : « Puisque vous avez consenti à ma première demande, voulez-vous maintenant que nous causions sans aigreur ? »

Elle eut un petit geste de mépris. « De l'aigreur ? mais je n'en ai pas. Vous m'êtes complètement étranger. Je cherche seulement à animer une conversation difficile. »

Il la regardait toujours, séduit malgré sa rudesse, sentant un désir brutal l'envahir, un désir irrésistible, un désir de maître.

Elle prononça, sentant bien qu'elle l'avait blessé, et s'acharnant : « Quel âge avez-vous donc aujourd'hui ? Je vous croyais plus jeune que vous ne paraissez. »

Il pâlit : « J'ai quarante-cinq ans. » Puis il ajouta : « J'ai oublié de vous demander des nouvelles de la princesse de Raynes. Vous la voyez toujours ? »

Elle lui jeta un regard de haine : « Oui, toujours. Elle va fort bien – merci. »

Et ils demeurèrent côte à côte, le cœur agité, l'âme

irritée. Tout à coup il déclara : « Ma chère Berthe, je viens
de changer d'avis. Vous êtes ma femme, et je prétends que
vous reveniez aujourd'hui sous mon toit. Je trouve que
vous avez gagné en beauté et en caractère, et je vous
reprends. Je suis votre mari, c'est mon droit. »

Elle fut stupéfaite, et le regarda dans les yeux pour y
lire sa pensée. Il avait un visage impassible, impénétrable
et résolu.

Elle répondit : « Je suis bien fâchée, mais j'ai des
engagements. »

Il sourit : « Tant pis pour vous. La loi me donne la force.
J'en userai. »

On arrivait à Marseille ; le train sifflait, ralentissant sa
marche. La baronne se leva, roula ses couvertures avec
assurance, puis se tournant vers son mari : « Mon cher
Raymond, n'abusez pas d'un tête-à-tête que j'ai préparé.
J'ai voulu prendre une précaution, suivant vos conseils,
pour n'avoir rien à craindre ni de vous ni du monde, quoi
qu'il arrive. Vous allez à Nice, n'est-ce pas ?

— J'irai où vous irez.

— Pas du tout. Écoutez-moi, et je vous promets que vous
me laisserez tranquille. Tout à l'heure, sur le quai de la
gare, vous allez voir la princesse de Raynes et la comtesse
Henriot qui m'attendent avec leurs maris. J'ai voulu qu'on
nous vît ensemble, vous et moi, et qu'on sût bien que nous
avons passé la nuit seuls, dans ce coupé. Ne craignez rien.
Ces dames le raconteront partout, tant la chose paraîtra
surprenante.

« Je vous disais tout à l'heure que, suivant en tous points
vos recommandations, j'avais soigneusement gardé les
apparences. Il n'a pas été question du reste, n'est-ce pas ?
Eh bien, c'est pour continuer que j'ai tenu à cette rencontre.
Vous m'avez ordonné d'éviter avec soin le scandale, je
l'évite, mon cher..., car j'ai peur..., j'ai peur... »

Elle attendit que le train fût complètement arrêté, et
comme une bande d'amis s'élançait à sa portière et l'ouvrait,
elle acheva :

« J'ai peur d'être enceinte. »

La princesse tendait les bras pour l'embrasser. La baronne
lui dit, montrant le baron stupide d'étonnement et cherchant
à deviner la vérité :

«Vous ne reconnaissez donc pas Raymond? Il est bien changé, en effet. Il a consenti à m'accompagner pour ne pas me laisser voyager seule. Nous faisons quelquefois des fugues comme cela, en bons amis qui ne peuvent vivre ensemble. Nous allons d'ailleurs nous quitter ici. Il a déjà assez de moi.»

Elle tendait sa main qu'il prit machinalement. Puis elle sauta sur le quai au milieu de ceux qui l'attendaient.

Le baron ferma brusquement la portière, trop ému pour dire un mot ou pour prendre une résolution. Il entendait la voix de sa femme et ses rires joyeux qui s'éloignaient.

Il ne l'a jamais revue.

Avait-elle menti? Disait-elle vrai? Il l'ignora toujours.

SUICIDES

À Georges Legrand.

Il ne passe guère de jour sans qu'on lise dans quelque journal le fait divers suivant :

« Dans la nuit de mercredi à jeudi, les habitants de la maison portant le n° 40 de la rue de... ont été réveillés par deux détonations successives. Le bruit partait d'un logement habité par M. X... La porte fut ouverte, et on trouva ce locataire baigné dans son sang, tenant encore à la main le revolver avec lequel il s'était donné la mort.

« M. X... était âgé de cinquante-sept ans, jouissait d'une aisance honorable et avait tout ce qu'il faut pour être heureux. On ignore absolument la cause de sa funeste détermination. »

Quelles douleurs profondes, quelles lésions du cœur, désespoirs cachés, blessures brûlantes poussent au suicide ces gens qui sont heureux ? On cherche, on imagine des drames d'amour, on soupçonne des désastres d'argent et, comme on ne découvre jamais rien de précis, on met sur ces morts, le mot « Mystère ».

Une lettre trouvée sur la table d'un de ces « suicidés sans raison », et écrite pendant la dernière nuit, auprès du pistolet chargé, est tombée entre nos mains. Nous la croyons intéressante. Elle ne révèle aucune des grandes catastrophes qu'on cherche toujours derrière ces actes de désespoir ; mais elle montre la lente succession des petites misères de la vie, la désorganisation fatale d'une existence solitaire, dont les rêves sont disparus ; elle donne la raison de ces fins tragiques que les nerveux et les sensitifs seuls comprendront.

La voici :

« Il est minuit. Quand j'aurai fini cette lettre, je me tuerai. Pourquoi ? Je vais tâcher de le dire, non pour ceux qui liront ces lignes, mais pour moi-même, pour renforcer mon courage défaillant, me bien pénétrer de la nécessité maintenant fatale de cet acte qui ne pourrait être que différé.

J'ai été élevé par des parents simples qui croyaient à tout. Et j'ai cru comme eux.

Mon rêve dura longtemps. Les derniers lambeaux viennent seulement de se déchirer.

Depuis quelques années déjà un phénomène se passe en moi. Tous les événements de l'existence qui, autrefois resplendissaient à mes yeux comme des aurores, me semblent se décolorer. La signification des choses m'est apparue dans sa réalité brutale ; et la raison vraie de l'amour m'a dégoûté même des poétiques tendresses.

Nous sommes les jouets éternels d'illusions stupides et charmantes toujours renouvelées.

Alors, vieillissant, j'avais pris mon parti de l'horrible misère des choses, de l'inutilité des efforts, de la vanité des attentes, quand une lumière nouvelle sur le néant de tout m'est apparue, ce soir, après dîner.

Autrefois, j'étais joyeux ! Tout me charmait : les femmes qui passent, l'aspect des rues, les lieux que j'habite ; et je m'intéressais même à la forme de mes vêtements. Mais la répétition des mêmes visions a fini par m'emplir le cœur de lassitude et d'ennui, comme il arriverait pour un spectateur entrant chaque soir au même théâtre.

Tous les jours, à la même heure depuis trente ans, je me lève ; et, dans le même restaurant, depuis trente ans, je mange aux mêmes heures les mêmes plats apportés par des garçons différents.

J'ai tenté de voyager ? L'isolement qu'on éprouve en des lieux inconnus m'a fait peur. Je me suis senti tellement seul sur la terre, et si petit, que j'ai repris bien vite la route de chez moi.

Mais alors l'immuable physionomie de mes meubles,

depuis trente ans à la même place, l'usure de mes fauteuils que j'avais connus neufs, l'odeur de mon appartement (car chaque logis prend, avec le temps, une odeur particulière), m'ont donné, chaque soir, la nausée des habitudes et la noire mélancolie de vivre ainsi.

Tout se répète sans cesse et lamentablement. La manière même dont je mets en rentrant la clef dans la serrure, la place où je trouve toujours mes allumettes, le premier coup d'œil jeté dans ma chambre quand le phosphore s'enflamme, me donnent envie de sauter par la fenêtre et d'en finir avec ces événements monotones auxquels nous n'échappons jamais.

J'éprouve chaque jour, en me rasant, un désir immodéré de me couper la gorge ; et ma figure, toujours la même, que je revois dans la petite glace avec du savon sur les joues, m'a plusieurs fois fait pleurer de tristesse.

Je ne puis même plus me retrouver auprès des gens que je rencontrais jadis avec plaisir, tant je les connais, tant je sais ce qu'ils vont me dire et ce que je vais répondre, tant j'ai vu le moule de leurs pensées immuables, le pli de leurs raisonnements. Chaque cerveau est comme un cirque, où tourne éternellement un pauvre cheval enfermé. Quels que soient nos efforts, nos détours, nos crochets, la limite est proche et arrondie d'une façon continue, sans saillies imprévues et sans porte sur l'inconnu. Il faut tourner, tourner toujours, par les mêmes idées, les mêmes joies, les mêmes plaisanteries, les mêmes habitudes, les mêmes croyances, les mêmes écœurements.

Le brouillard était affreux, ce soir. Il enveloppait le boulevard où les becs de gaz obscurcis semblaient des chandelles fumeuses. Un poids plus lourd que d'habitude me pesait sur les épaules. Je digérais mal, probablement.

Car une bonne digestion est tout dans la vie. C'est elle qui donne l'inspiration à l'artiste, les désirs amoureux aux jeunes gens, des idées claires aux penseurs, la joie de vivre à tout le monde, et elle permet de manger beaucoup (ce qui est encore le plus grand bonheur). Un estomac malade pousse au scepticisme, à l'incrédulité, fait germer les songes noirs et les désirs de mort. Je l'ai remarqué fort souvent. Je ne me tuerais peut-être pas si j'avais bien digéré ce soir.

Quand je fus assis dans le fauteuil où je m'assois tous

les jours depuis trente ans, je jetai les yeux autour de moi, et je me sentis saisi par une détresse si horrible que je me crus près de devenir fou.

Je cherchai ce que je pourrais faire pour échapper à moi-même ? Toute occupation m'épouvanta comme plus odieuse encore que l'inaction. Alors, je songeai à mettre de l'ordre dans mes papiers.

Voici longtemps que je songeais à cette besogne d'épurer mes tiroirs ; car depuis trente ans, je jette pêle-mêle dans le même meuble mes lettres et mes factures, et le désordre de ce mélange m'a souvent causé bien des ennuis. Mais j'éprouve une telle fatigue morale et physique à la seule pensée de ranger quelque chose que je n'ai jamais eu le courage de me mettre à ce travail odieux.

Donc je m'assis devant mon secrétaire et je l'ouvris, voulant faire un choix dans mes papiers anciens pour en détruire une grande partie.

Je demeurai d'abord troublé devant cet entassement de feuilles jaunies, puis j'en pris une.

Oh ! ne touchez jamais à ce meuble, à ce cimetière des correspondances d'autrefois, si vous tenez à la vie ! Et, si vous l'ouvrez par hasard, saisissez à pleines mains les lettres qu'il contient, fermez les yeux pour n'en point lire un mot, pour qu'une seule écriture oubliée et reconnue ne vous jette d'un seul coup dans l'océan des souvenirs ; portez au feu ces papiers mortels ; et, quand ils seront en cendres, écrasez-les encore en une poussière invisible... ou sinon vous êtes perdu... comme je suis perdu depuis une heure !...

Ah ! les premières lettres que j'ai relues ne m'ont point intéressé. Elles étaient récentes d'ailleurs, et me venaient d'hommes vivants que je rencontre encore assez souvent et dont la présence ne me touche guère. Mais soudain une enveloppe m'a fait tressaillir. Une grande écriture large y avait tracé mon nom ; et brusquement les larmes me sont montées aux yeux. C'était mon plus cher ami, celui-là, le compagnon de ma jeunesse, le confident de mes espérances ; et il m'apparut si nettement, avec son sourire bon enfant et la main tendue vers moi qu'un frisson me secoua les os[1]. Oui, oui, les morts reviennent, car je l'ai vu ! Notre mémoire est un monde plus parfait que l'univers : elle rend la vie à ce qui n'existe plus !

La main tremblante, le regard brumeux[2], j'ai relu tout ce qu'il me disait, et dans mon pauvre cœur sanglotant j'ai senti une meurtrissure si douloureuse que je me mis à pousser des gémissements comme un homme dont on brise les membres.

Alors j'ai remonté toute ma vie ainsi qu'on remonte un fleuve. J'ai reconnu des gens oubliés depuis si longtemps que je ne savais plus leur nom. Leur figure seule vivait en moi. Dans les lettres de ma mère, j'ai retrouvé les vieux domestiques et la forme de notre maison et les petits détails insignifiants où s'attache l'esprit des enfants.

Oui, j'ai revu soudain toutes les vieilles toilettes de ma mère avec ses physionomies différentes suivant les modes qu'elle portait et les coiffures qu'elle avait successivement adoptées. Elle me hantait surtout dans une robe de soie à ramages anciens ; et je me rappelais une phrase, qu'un jour, portant cette robe, elle m'avait dite : « Robert, mon enfant, si tu ne te tiens pas droit, tu seras bossu toute ta vie. »

Puis soudain, ouvrant un autre tiroir, je me retrouvai en face de mes souvenirs d'amour : une bottine de bal, un

1. On sera donc passé, à travers tout le recueil, des *frissons* du désir à ceux de l'épouvante, des frissons de l'attente au désenchantement. De même, le même mot revient, entre *la petite secousse* « que vous donne l'œil de certaines femmes » (*La Patronne*) et la *secousse violente* qui saisit le narrateur halluciné de *Lui ?*, le « sommeil secoué des wagons » que redoute Pierre Jouvenet, que connaît le vieillissant baron d'Étraille...

Du frisson et de la secousse, Jules Lemaître, dans l'étude qu'il consacre à Maupassant, fera le propre de cette écriture, la raison de son succès. La loi du genre : « Nous sommes de plus en plus pressés ; notre esprit veut des plaisirs rapides ou de l'émotion en brèves secousses : il nous faut du roman condensé s'il se peut, ou abrégé si l'on n'a rien de mieux à nous offrir. »

2. Le narrateur remonte à la source à travers le brouillard, l'échange des vivants et des morts, comme Tourgueneff lui-même traverse la brume, dans cette lettre de Maupassant à sa mère : « J'ai lu ce matin une bien curieuse lettre de Tourgueneff qui est derrière Moscou, dans un petit trou perdu, où la poste ne parvient qu'une fois par semaine. Il dit que les choses de l'Europe ne lui parviennent qu'à travers un brouillard, comme s'il était mort et que les noms qui lui sont les plus familiers lui semblent lointains comme ceux de la Grèce et de Rome » (11 septembre 1878). Singuliers, pénétrants effets de brume.

mouchoir déchiré, une jarretière même, des cheveux et des fleurs desséchées. Alors les doux romans de ma vie, dont les héroïnes encore vivantes ont aujourd'hui des cheveux tout blancs, m'ont plongé dans l'amère mélancolie des choses à jamais finies. Oh ! les fronts jeunes où frisent les cheveux dorés, la caresse des mains, le regard qui parle, les cœurs qui battent, ce sourire qui promet les lèvres, ces lèvres qui promettent l'étreinte... Et le premier baiser..., ce baiser sans fin qui fait se fermer les yeux, qui anéantit toute pensée dans l'incommensurable bonheur de la possession prochaine.

Prenant à pleines mains ces vieux gages de tendresses lointaines, je les couvris de caresses furieuses, et dans mon âme ravagée par les souvenirs, je revoyais chacune à l'heure de l'abandon, et je souffrais un supplice plus cruel que toutes les tortures imaginées par toutes les fables de l'enfer.

Une dernière lettre restait. Elle était de moi et dictée de cinquante ans auparavant par mon professeur d'écriture. La voici :

« Ma petite maman chérie,

« J'ai aujourd'hui sept ans. C'est l'âge de raison, j'en profite pour te remercier de m'avoir donné le jour.

« Ton petit garçon qui t'adore,

« ROBERT. »

C'était fini. J'arrivais à la source, et brusquement je me retournai pour envisager le reste de mes jours. Je vis la vieillesse hideuse et solitaire, et les infirmités prochaines et tout fini, fini, fini ! Et personne autour de moi.

Mon revolver est là, sur la table... Je l'arme... Ne relisez jamais vos vieilles lettres. »

Et voilà comment se tuent beaucoup d'hommes dont on fouille en vain l'existence pour y découvrir de grands chagrins.

DÉCORÉ !

Des gens naissent avec un instinct prédominant, une vocation ou simplement un désir éveillé, dès qu'ils commencent à parler, à penser.

M. Sacrement, n'avait, depuis son enfance, qu'une idée en tête, être décoré[1]. Tout jeune il portait des croix de la Légion d'honneur en zinc comme d'autres enfants portent un képi et il donnait fièrement la main à sa mère, dans la rue, en bombant sa petite poitrine ornée du ruban rouge et de l'étoile de métal.

---

1. « La poitrine étincelante, zébrée de brochettes », M. Sacrement qui rêve de marcher en tête du cortège, mais c'est l'âne chargé de reliques !... Quant à Maupassant, s'il est souvent intervenu auprès des ministres en faveur de ses amis, afin qu'ils obtiennent la croix de la Légion d'honneur, lui-même s'est toujours montré désireux de « rester en dehors de tous les honneurs et de toutes les dignités ». C'est ainsi qu'il rend compte à Zola de sa détermination : « Quant à moi [...] j'ai brûlé mes vaisseaux de façon à supprimer toute chance de retour. J'ai refusé l'an dernier en termes formels et définitifs la croix qui m'était offerte par M. Spuller. Je viens de renouveler ce refus à M. Lockroy. Ce ne sont ni des raisonnements ni des principes qui m'ont conduit à cette détermination, car je ne vois pas pourquoi on dédaignerait la Légion d'honneur, mais une répugnance profonde, bête et invincible. Je me suis tâté et j'ai reconnu qu'il me serait très désagréable d'être décoré, et que je regretterais, durant toute ma vie, d'avoir accepté. Il en est et il en sera de même pour l'Académie, ce qui est, je crois, encore plus niais de ma part » (lettre de juillet 1888).
Après son intervention pour H. Cazalis en juillet 1890, Maupassant lui écrit, un an plus tard : « Rien au monde ne m'a fait plus de plaisir que la nouvelle de votre décoration. Quant à moi, je traîne ma triste vie que je ne crois pas traîner longtemps, sur toutes les côtes, sur la mer, de plus en plus malade, du cerveau et du corps. »
Le Décoré prospère ; Maupassant s'efface ; peu à peu.

Après de pauvres études il échoua au baccalauréat, et, ne sachant plus que faire, il épousa une jolie fille, car il avait de la fortune.

Ils vécurent à Paris comme vivent des bourgeois riches, allant dans leur monde, sans se mêler au monde, fiers de la connaissance d'un député qui pouvait devenir ministre, et amis de deux chefs de division.

Mais la pensée entrée aux premiers jours de sa vie dans la tête de M. Sacrement, ne le quittait plus et il souffrait d'une façon continue de n'avoir point le droit de montrer sur sa redingote un petit ruban de couleur.

Les gens décorés qu'il rencontrait sur le boulevard lui portaient un coup au cœur. Il les regardait de coin avec une jalousie exaspérée. Parfois, par les longs après-midi de désœuvrement il se mettait à les compter. Il se disait : « Voyons, combien j'en trouverai de la Madeleine à la rue Drouot. »

Et il allait lentement, inspectant les vêtements, l'œil exercé à distinguer de loin le petit point rouge. Quand il arrivait au bout de sa promenade il s'étonnait toujours des chiffres : « Huit officiers, et dix-sept chevaliers. Tant que ça ! C'est stupide de prodiguer les croix d'une pareille façon. Voyons si j'en trouverai autant au retour. »

Et il revenait à pas lents, désolé quand la foule pressée des passants pouvait gêner ses recherches, lui faire oublier quelqu'un.

Il connaissait les quartiers où on en trouvait le plus. Ils abondaient au Palais-Royal. L'avenue de l'Opéra ne valait pas la rue de la Paix ; le côté droit du boulevard était mieux fréquenté que le gauche.

Ils semblaient aussi préférer certains cafés, certains théâtres. Chaque fois que M. Sacrement apercevait un groupe de vieux messieurs à cheveux blancs arrêtés au milieu du trottoir, et gênant la circulation, il se disait : « Voici des officiers de la Légion d'honneur ! » Et il avait envie de les saluer.

Les officiers (il l'avait souvent remarqué) ont une autre allure que les simples chevaliers. Leur port de tête est différent. On sent bien qu'ils possèdent officiellement une considération plus haute, une importance plus étendue.

Parfois aussi une rage saisissait M. Sacrement, une fureur

contre tous les gens décorés ; et il sentait pour eux une haine de socialiste.

Alors, en rentrant chez lui, excité par la rencontre de tant de croix, comme l'est un pauvre affamé après avoir passé devant les grandes boutiques de nourriture, il déclarait d'une voix forte : « Quand donc, enfin, nous débarrassera-t-on de ce sale gouvernement ? » Sa femme surprise, lui demandait : « Qu'est-ce que tu as aujourd'hui ? »

Et il répondait : « J'ai que je suis indigné par les injustices que je vois commettre partout. Ah ! que les communards avaient raison ! »

Mais il ressortait après son dîner, et il allait considérer les magasins de décorations. Il examinait tous ces emblèmes de formes diverses, de couleurs variées. Il aurait voulu les posséder tous, et, dans une cérémonie publique, dans une immense salle pleine de monde, pleine de peuple émerveillé, marcher en tête d'un cortège, la poitrine étincelante, zébrée de brochettes alignées l'une sur l'autre, suivant la forme de ses côtes, et passer gravement, le claque sous le bras, luisant comme un astre au milieu de chuchotements admiratifs, dans une rumeur de respect.

Il n'avait, hélas ! aucun titre pour aucune décoration.

Il se dit : « La Légion d'honneur est vraiment par trop difficile pour un homme qui ne remplit aucune fonction publique. Si j'essayais de me faire nommer officier d'Académie ! »

Mais il ne savait comment s'y prendre. Il en parla à sa femme qui demeura stupéfaite.

« Officier d'Académie ? Qu'est-ce que tu as fait pour cela ? »

Il s'emporta : « Mais comprends donc ce que je veux dire. Je cherche justement ce qu'il faut faire. Tu es stupide par moments. »

Elle sourit : « Parfaitement, tu as raison. Mais je ne sais pas, moi ! »

Il avait une idée : « Si tu en parlais au député Rosselin, il pourrait me donner un excellent conseil. Moi, tu comprends que je n'ose guère aborder cette question directement avec lui. C'est assez délicat, assez difficile ; venant de toi, la chose devient toute naturelle. »

Mme Sacrement fit ce qu'il demandait. M. Rosselin

promit d'en parler au ministre. Alors Sacrement le harcela. Le député finit par lui répondre qu'il fallait faire une demande et énumérer ses titres.

Ses titres ? Voilà. Il n'était même pas bachelier.

Il se mit cependant à la besogne et commença une brochure traitant : « Du droit du peuple à l'instruction. » Il ne la put achever par pénurie d'idées.

Il chercha des sujets plus faciles et en aborda plusieurs successivement. Ce fut d'abord : « L'instruction des enfants par les yeux. » Il voulait qu'on établît dans les quartiers pauvres des espèces de théâtres gratuits pour les petits enfants. Les parents les y conduiraient dès leur plus jeune âge, et on leur donnerait là, par le moyen d'une lanterne magique, des notions de toutes les connaissances humaines. Ce seraient de véritables cours. Le regard instruirait le cerveau, et les images resteraient gravées dans la mémoire, rendant pour ainsi dire visible la science.

Quoi de plus simple que d'enseigner ainsi l'histoire universelle, la géographie, l'histoire naturelle, la botanique, la zoologie, l'anatomie, etc..., etc. ?

Il fit imprimer ce mémoire et en envoya un exemplaire à chaque député, dix à chaque ministre, cinquante au président de la République, dix également à chacun des journaux parisiens, cinq aux journaux de province.

Puis il traita la question des bibliothèques des rues, voulant que l'État fît promener par les rues des petites voitures pleines de livres, pareilles aux voitures des marchandes d'oranges. Chaque habitant aurait droit à dix volumes par mois en location, moyennant un sou d'abonnement.

« Le peuple, disait M. Sacrement, ne se dérange que pour ses plaisirs. Puisqu'il ne va pas à l'instruction, il faut que l'instruction vienne à lui, etc. »

Aucun bruit ne se fit autour de ces essais. Il adressa cependant sa demande. On lui répondit qu'on prenait note, qu'on instruisait. Il se crut sûr du succès ; il attendit. Rien ne vint.

Alors il se décida à faire des démarches personnelles. Il sollicita une audience du ministre de l'instruction publique, et il fut reçu par un attaché de cabinet tout jeune et déjà grave, important même, et qui jouait, comme d'un piano, d'une série de petits boutons blancs pour appeler les huissiers et les garçons de l'antichambre ainsi que les employés subalternes. Il affirma au solliciteur que son affaire était en bonne voie et il lui conseilla de continuer ses remarquables travaux.

Et M. Sacrement se remit à l'œuvre.

M. Rosselin, le député, semblait maintenant s'intéresser beaucoup à son succès, et il lui donnait même une foule de conseils pratiques excellents. Il était décoré d'ailleurs, sans qu'on sût quels motifs lui avaient valu cette distinction.

Il indiqua à Sacrement des études nouvelles à entreprendre, il le présenta à des Sociétés savantes qui s'occupaient de points de science particulièrement obscurs, dans l'intention de parvenir à des honneurs. Il le patronna même au ministère.

Or, un jour, comme il venait déjeuner chez son ami (il mangeait souvent dans la maison depuis plusieurs mois) il lui dit tout bas en lui serrant les mains : « Je viens d'obtenir pour vous une grande faveur. Le comité des travaux historiques vous charge d'une mission. Il s'agit de recherches à faire dans diverses bibliothèques de France. »

Sacrement, défaillant, n'en put manger ni boire. Il partit huit jours plus tard.

Il allait de ville en ville, étudiant les catalogues, fouillant en des greniers bondés de bouquins poudreux, en proie à la haine des bibliothécaires.

Or, un soir, comme il se trouvait à Rouen, il voulut aller embrasser sa femme qu'il n'avait point vue depuis une semaine ; et il prit le train de neuf heures qui devait le mettre à minuit chez lui.

Il avait sa clef. Il entra sans bruit, frémissant de plaisir, tout heureux de lui faire cette surprise. Elle s'était enfermée, quel ennui ! Alors il cria à travers la porte : « Jeanne, c'est moi ! »

Elle dut avoir grand'peur, car il l'entendit sauter du lit et parler seule comme dans un rêve. Puis elle courut à son cabinet de toilette, l'ouvrit et le referma, traversa plusieurs fois sa chambre dans une course rapide, nu-pieds, secouant les meubles dont les verreries sonnaient. Puis, enfin, elle demanda : « C'est bien toi, Alexandre ? »

Il répondit : «Mais oui, c'est moi, ouvre donc !»

La porte céda, et sa femme se jeta sur son cœur en balbutiant : «Oh ! quelle terreur ! quelle surprise ! quelle joie !»

Alors, il commença à se dévêtir, méthodiquement, comme il faisait tout. Et il reprit, sur une chaise, son pardessus qu'il avait l'habitude d'accrocher dans le vestibule. Mais, soudain, il demeura stupéfait. La boutonnière portait un ruban rouge !

Il balbutia : «Ce... ce... ce paletot est décoré !»

Alors sa femme, d'un bond, se jeta sur lui, et lui saisissant dans les mains le vêtement : «Non... tu te trompes... donne-moi ça.»

Mais il le tenait toujours par une manche, ne le lâchant pas, répétant dans une sorte d'affolement : «Hein ?... Pourquoi ?... Explique-moi ?... À qui ce pardessus ?... Ce n'est pas le mien, puisqu'il porte la Légion d'honneur ?»

Elle s'efforçait de le lui arracher, éperdue, bégayant : «Écoute... écoute... donne-moi ça... Je ne peux pas te dire... c'est un secret... écoute.»

Mais il se fâchait, devenait pâle : «Je veux savoir comment ce paletot est ici. Ce n'est pas le mien.»

Alors, elle lui cria dans la figure : «Si, tais-toi, jure-moi... écoute... eh bien ! tu es décoré !»

Il eut une telle secousse d'émotion qu'il lâcha le pardessus et alla tomber dans un fauteuil.

«Je suis... tu dis... je suis... décoré.

— Oui... c'est un secret, un grand secret...»

Elle avait enfermé dans une armoire le vêtement glorieux, et revenait vers son mari, tremblante et pâle. Elle reprit : «Oui, c'est un pardessus neuf que je t'ai fait faire. Mais j'avais juré de ne te rien dire. Cela ne sera pas officiel avant un mois ou six semaines. Il faut que ta mission soit terminée. Tu ne devais le savoir qu'à ton retour. C'est M. Rosselin qui a obtenu ça pour toi...»

Sacrement, défaillant, bégayait : «Rosselin... décoré... Il m'a fait décorer... moi... lui... Ah !...»

Et il fut obligé de boire un verre d'eau.

Un petit papier blanc gisait par terre, tombé de la poche du pardessus. Sacrement le ramassa, c'était une carte de visite. Il lut : «Rosselin – député.»

« Tu vois bien », dit la femme.

Et il se mit à pleurer de joie.

Huit jours plus tard l'*Officiel* annonçait que M. Sacrement était nommé chevalier de la Légion d'honneur, pour services exceptionnels.

CHÂLI

À Jean Béraud.

L'amiral de La Vallée, qui semblait assoupi dans son fauteuil, prononça de sa voix de vieille femme : «J'ai eu, moi, une petite aventure d'amour, très singulière, voulez-vous que je vous la dise?»

Et il parla, sans remuer, du fond de son large siège, en gardant sur les lèvres ce sourire ridé qui ne le quittait jamais, ce sourire à la Voltaire qui le faisait passer pour un affreux sceptique.

I

J'avais trente ans alors, et j'étais lieutenant de vaisseau, quand on me chargea d'une mission astronomique dans l'Inde centrale. Le gouvernement anglais me donna tous les moyens nécessaires pour venir à bout de mon entreprise et je m'enfonçai bientôt avec une suite de quelques hommes dans ce pays étrange, surprenant, prodigieux.

Il faudrait vingt volumes pour raconter ce voyage. Je traversai des contrées invraisemblablement magnifiques ; je fus reçu par des princes d'une beauté surhumaine et vivant dans une incroyable magnificence. Il me sembla pendant deux mois, que je marchais dans un poème, que je parcourais un royaume de féeries sur le dos d'éléphants imaginaires. Je découvrais au milieu des forêts fantastiques des ruines invraisemblables ; je trouvais, en des cités d'une fantaisie de songe, de prodigieux monuments, fins et ciselés comme des bijoux, légers comme des dentelles et énormes comme des montagnes, ces monuments, fabuleux, divins, d'une grâce telle qu'on devient amoureux de leurs formes ainsi qu'on peut être amoureux d'une femme, et qu'on éprouve, à les voir, un plaisir physique et sensuel. Enfin, comme dit M. Victor Hugo, je marchais, tout éveillé dans un rêve.

Puis j'atteignis enfin le terme de mon voyage, la ville de Ganhara, autrefois une des plus prospères de l'Inde centrale, aujourd'hui bien déchue, et gouvernée par un prince opulent, autoritaire, violent, généreux et cruel, le Rajah Maddan, un vrai souverain d'Orient, délicat et barbare, affable et sanguinaire, d'une grâce féminine et d'une férocité impitoyable.

La cité est dans le fond d'une vallée au bord d'un petit lac, qu'entoure un peuple de pagodes baignant dans l'eau leurs murailles.

La ville, de loin forme une tache blanche qui grandit quand on approche, et peu à peu on découvre les dômes, les aiguilles, les flèches, tous les sommets élégants et svelts des gracieux monuments indiens.

À une heure des portes environ, je rencontrai un éléphant superbement harnaché, entouré d'une escorte d'honneur que le souverain m'envoyait. Et je fus conduit en grande pompe, au palais.

J'aurais voulu prendre le temps de me vêtir avec luxe, mais l'impatience royale ne me le permit pas. On voulait d'abord me connaître, savoir ce qu'on aurait à attendre de moi comme distraction ; puis on verrait.

Je fus introduit, au milieu de soldats bronzés comme des statues et couverts d'uniformes étincelants, dans une grande salle entourée de galeries, où se tenaient debout des hommes habillés de robes éclatantes et étoilées de pierres précieuses.

Sur un banc pareil à un de nos bancs de jardin sans dossier, mais revêtu d'un tapis admirable, j'aperçus une masse luisante, une sorte de soleil assis ; c'était le Rajah, qui m'attendait, immobile dans une robe du plus pur jaune serin. Il portait sur lui dix ou quinze millions de diamants, et seule, sur son front, brillait la fameuse étoile de Delhi qui a toujours appartenu à l'illustre dynastie des Parihara de Mundore dont mon hôte était descendant.

C'était un garçon de vingt-cinq ans environ, qui semblait avoir du sang nègre dans les veines, bien qu'il appartînt à la plus pure race hindoue. Il avait les yeux larges, fixes, un peu vagues, les pommettes saillantes, les lèvres grosses, la barbe frisée, le front bas et des dents éclatantes, aiguës, qu'il montrait souvent dans un sourire machinal.

Il se leva et vint me tendre la main, à l'anglaise, puis me fit asseoir à son côté sur un banc si haut que mes pieds touchaient à peine à terre. On était fort mal là-dessus.

Et aussitôt il me proposa une chasse au tigre pour le lendemain. La chasse et les luttes étaient ses grandes occupations et il ne comprenait guère qu'on pût s'occuper d'autre chose. Il se persuadait évidemment que je n'étais venu si loin que pour le distraire un peu et l'accompagner dans ses plaisirs.

Comme j'avais grand besoin de lui, je tâchai de flatter ses penchants. Il fut tellement satisfait de mon attitude qu'il voulut me montrer immédiatement un combat de lutteurs, et il m'entraîna dans une sorte d'arène située à l'intérieur du palais.

Sur son ordre, deux hommes parurent, nus, cuivrés, les mains armées de griffes d'acier ; et ils s'attaquèrent aussitôt, cherchant à se frapper avec cette arme tranchante qui traçait sur leur peau noire de longues déchirures d'où coulait le sang.

Cela dura longtemps. Les corps n'étaient plus que des plaies, et les combattants se labouraient toujours les chairs avec cette sorte de râteau fait de lames aiguës. Un d'eux avait une joue hachée ; l'oreille de l'autre était fendue en trois morceaux.

Et le prince regardait cela avec une joie féroce et passionnée. Il tressaillait de bonheur, poussait des grognements de plaisir et imitait avec des gestes inconscients, tous les mouvements des lutteurs, criant sans cesse : « Frappe, frappe donc. »

Un d'eux tomba sans connaissance ; il fallut l'emporter de l'arène rouge de sang, et le Rajah fit un long soupir de regret, de chagrin que ce fût déjà fini.

Puis il se tourna vers moi pour connaître mon opinion. J'étais indigné, mais je le félicitai vivement ; et il ordonna aussitôt de me conduire au Couch-Mahal (palais du plaisir) où j'habiterais.

Je traversai les invraisemblables jardins que l'on trouve là-bas et je parvins à ma résidence.

Ce palais, ce bijou, situé à l'extrémité du parc royal, plongeait dans le lac sacré de Vihara tout un côté de ses murailles. Il était carré, présentant sur ses quatre faces trois rangs superposés de galeries à colonnades divinement ouvragées. À chaque angle s'élançaient des tourelles, légères, hautes ou basses, seules ou mariées par deux, de taille inégale et de physionomie différente, qui semblaient bien les fleurs naturelles poussées sur cette gracieuse plante d'architecture orientale. Toutes étaient surmontées de toits bizarres, pareils à des coiffures coquettes.

Au centre de l'édifice, un dôme puissant élevait jusqu'à un ravissant clocheton mince et tout à jour, sa coupole allongée et ronde semblable à un sein de marbre blanc tendu vers le ciel.

Et tout le monument, des pieds à la tête, était couvert de sculptures, de ces exquises arabesques qui grisent le regard, de processions immobiles de personnages délicats, dont les attitudes et les gestes de pierre racontaient les mœurs et les coutumes de l'Inde.

Les chambres étaient éclairées par des fenêtres à arceaux dentelés, donnant sur les jardins. Sur le sol de marbre, de gracieux bouquets étaient dessinés par des onyx, des lapis-lazuli et des agates.

J'avais eu à peine le temps d'achever ma toilette, quand un dignitaire de la cour, Haribadada, spécialement chargé des communications entre le prince et moi, m'annonça la visite de son souverain.

Et le Rajah au safran parut, me serra de nouveau la main et se mit à me raconter mille choses, en me demandant sans cesse mon avis que j'avais grand'peine à lui donner. Puis il voulut me montrer les ruines du palais ancien, à l'autre bout des jardins.

C'était une vraie forêt de pierres, qu'habitait un peuple de grands singes. À notre approche, les mâles se mirent à courir sur les murs en nous faisant d'horribles grimaces, et les femelles se sauvaient, montrant leur derrière pelé et portant dans leurs bras leurs petits. Le roi riait follement, me pinçait l'épaule pour me témoigner son plaisir, et il s'assit au milieu des décombres, tandis que, tout autour de nous, accroupies au sommet des murailles, perchées sur toutes les saillies, une assemblée de bêtes à favoris blancs nous tirait la langue et nous montrait le poing.

Quand il en eut assez de ce spectacle, le souverain jaune se leva et se remit en marche gravement, me traînant toujours à son côté, heureux de m'avoir montré de pareilles choses le jour même de mon arrivée, et me rappelant qu'une grande chasse au tigre aurait lieu le lendemain en mon honneur.

Je la suivis, cette chasse, et une seconde, une troisième, dix, vingt de suite. On poursuivit tour à tour tous les animaux que nourrit la contrée : la panthère, l'ours, l'éléphant, l'antilope, l'hippopotame, le crocodile, que sais-je, la moitié des bêtes de la création. J'étais éreinté, dégoûté de voir couler du sang, las de ce plaisir toujours pareil.

À la fin, l'ardeur du prince se calma, et il me laissa, sur mes instantes prières, un peu de loisir pour travailler. Il se contentait maintenant de me combler de présents. Il m'envoyait des bijoux, des étoffes magnifiques, des animaux dressés, que Haribadada me présentait avec un respect grave apparent comme si j'eusse été le soleil lui-même, bien qu'il me méprisât beaucoup au fond.

Et chaque jour une procession de serviteurs m'apportait en des plats couverts une portion de chaque mets du repas royal ; chaque jour il fallait paraître et prendre un plaisir extrême à quelque divertissement nouveau organisé pour moi : danses de Bayadères, jongleries, revues de troupes, à tout ce que pouvait inventer ce Rajah hospitalier, mais gêneur, pour me montrer sa surprenante patrie dans tout son charme et dans toute sa splendeur.

Sitôt qu'on me laissait un peu seul, je travaillais, ou bien j'allais voir les singes dont la société me plaisait infiniment plus que celle du roi.

Mais un soir, comme je revenais d'une promenade, je trouvai devant la porte de mon palais, Haribadada, solennel, qui m'annonça, en termes mystérieux, qu'un cadeau du souverain m'attendait dans ma chambre ; et il me présenta les excuses de son maître pour n'avoir pas pensé plus tôt à m'offrir une chose dont je devais être privé.

Après ce discours obscur, l'ambassadeur s'inclina et disparut.

J'entrai et j'aperçus, alignées contre le mur par rang de taille, six petites filles côte à côte, immobiles, pareilles à une brochette d'éperlans. La plus âgée avait peut-être huit ans, la plus jeune six ans. Au premier moment, je ne compris pas bien pourquoi cette pension était installée chez moi, puis je devinai l'attention délicate du prince : c'était un harem dont il me faisait présent. Il l'avait choisi fort jeune par excès de gracieuseté. Car plus le fruit est vert, plus il est estimé, là-bas.

Et je demeurais tout à fait confus et gêné, honteux, en face de ces mioches qui me regardaient avec leurs grands yeux graves, et qui semblaient déjà savoir ce que je pouvais exiger d'elles.

Je ne savais que leur dire. J'avais envie de les renvoyer, mais on ne rend pas un présent du souverain. C'eût été une mortelle injure. Il fallait donc garder, installer chez moi ce troupeau d'enfants.

Elles restaient fixes, me dévisageant toujours, attendant mon ordre, cherchant à lire dans mon œil ma pensée. Oh ! le maudit cadeau. Comme il me gênait ! À la fin, me sentant ridicule, je demandai à la plus grande :

« Comment t'appelles-tu, toi ? »

Elle répondit : « Châli ».

Cette gamine à la peau si jolie, un peu jaune, comme de l'ivoire, était une merveille, une statue avec sa face aux lignes longues et sévères.

Alors, je prononçai, pour voir ce qu'elle pourrait répondre, peut-être pour l'embarrasser :

« Pourquoi es-tu ici ? »

Elle dit de sa voix douce, harmonieuse : « Je viens pour faire ce qu'il te plaira d'exiger de moi, mon seigneur. »

La gamine était renseignée.

Et je posai la même question à la plus petite qui articula nettement de sa voix plus frêle : « Je suis ici pour ce qu'il te plaira de me demander, mon maître. »

Elle avait l'air d'une petite souris, celle-là, elle était gentille comme tout. Je l'enlevai dans mes bras et l'embrassai. Les autres eurent un mouvement comme pour se retirer, pensant sans doute que je venais d'indiquer mon choix, mais je leur ordonnai de rester, et, m'asseyant à l'indienne, je les fis prendre place, en rond, autour de moi, puis je me mis à leur conter une histoire de génies, car je parlais passablement leur langue.

Elles écoutaient de toute leur attention, tressaillaient aux détails merveilleux, frémissaient d'angoisse, remuaient les mains. Elles ne songeaient plus guère, les pauvres petites, à la raison qui les avait fait venir.

Quand j'eus terminé mon conte, j'appelai mon serviteur de confiance, Latchmân, et je fis apporter des sucreries, des confitures et des pâtisseries, dont elles mangèrent à se rendre malades, puis commençant à trouver fort drôle cette aventure, j'organisai des jeux pour amuser mes femmes.

Un de ces divertissements surtout eut un énorme succès. Je faisais le pont avec mes jambes, et mes six bambines passaient dessous en courant, la plus petite ouvrant la marche, et la plus grande me bousculant un peu parce qu'elle ne se baissait jamais assez. Cela leur faisait pousser des éclats de rire assourdissants, et ces voix jeunes sonnant sous les voûtes basses de mon somptueux palais le réveillaient, le peuplaient de gaieté enfantine, le meublaient de vie.

Puis je pris beaucoup d'intérêt à l'installation du dortoir où allaient coucher mes innocentes concubines. Enfin je les enfermai chez elles sous la garde de quatre femmes de service que le prince m'avait envoyées en même temps pour prendre soin de mes sultanes.

Pendant huit jours, j'eus un vrai plaisir à faire le papa avec ces poupées. Nous avions d'admirables parties de cache-cache, de chat perché et de main chaude qui les jetaient en des délires de bonheur, car je leur révélais chaque jour un de ces jeux inconnus, si pleins d'intérêt.

Ma demeure maintenant avait l'air d'une classe. Et mes petites amies, vêtues de soieries admirables, d'étoffes brodées d'or et d'argent, couraient à la façon de petits animaux humains à travers les longues galeries et les tranquilles salles où tombait par les arceaux une lumière affaiblie.

Puis, un soir, je ne sais comment cela se fit, la plus grande, celle qui s'appelait Châli et qui ressemblait à une statuette de vieil ivoire, devint ma femme pour de vrai.

C'était un adorable petit être, doux, timide et gai qui m'aima bientôt d'une affection ardente et que j'aimais étrangement, avec honte, avec hésitation, avec une sorte de peur de la justice européenne, avec des réserves, des scrupules et cependant avec une tendresse sensuelle passionnée. Je la chérissais comme un père, et je la caressais comme un homme.

Pardon, mesdames, je vais un peu loin.

Les autres continuaient à jouer dans ce palais, pareilles à une bande de jeunes chats.

Châli ne me quittait plus, sauf quand j'allais chez le prince.

Nous passions des heures exquises ensemble dans les ruines du vieux palais, au milieu des singes devenus nos amis.

Elle se couchait sur mes genoux et restait là roulant des choses en sa petite tête de sphinx, ou peut-être ne pensant à rien, mais gardant cette belle et charmante pose héréditaire de ces peuples nobles et songeurs, la pose hiératique des statues sacrées.

J'avais apporté dans un grand plat de cuivre des provisions, des gâteaux, des fruits. Et les guenons s'approchaient peu à peu, suivies de leurs petits plus timides ; puis elles s'asseyaient en cercle autour de nous, n'osant approcher davantage, attendant que je fisse ma distribution de friandises.

Alors presque toujours un mâle plus hardi s'en venait jusqu'à moi, la main tendue comme un mendiant ; et je lui remettais un morceau qu'il allait porter à sa femelle. Et toutes les autres se mettaient à pousser des cris furieux, des cris de jalousie et de colère, et je ne pouvais faire cesser cet affreux vacarme qu'en jetant sa part à chacune.

Me trouvant fort bien dans ces ruines, je voulus y apporter mes instruments pour travailler. Mais aussitôt qu'ils aperçurent le cuivre des appareils de précision, les singes, prenant sans doute ces choses pour des engins de mort, s'enfuirent de tous les côtés en poussant des clameurs épouvantables.

Je passais souvent aussi mes soirées avec Châli, sur une des galeries extérieures qui dominait le lac de Vihara. Nous regardions, sans parler, la lune éclatante qui glissait au fond du ciel en jetant sur l'eau un manteau d'argent frissonnant, et là-bas, sur l'autre rive, la ligne des petites pagodes, semblables à des champignons gracieux qui auraient poussé le pied dans l'eau. Et prenant en mes bras la tête sérieuse de ma petite maîtresse, je baisais lentement, longuement son front poli, ses grands yeux pleins du secret de cette terre antique et fabuleuse, et ses lèvres calmes qui s'ouvraient sous ma caresse. Et j'éprouvais une sensation confuse, puissante, poétique surtout, la sensation que je possédais toute une race dans cette fillette, cette belle race mystérieuse d'où semblent sorties toutes les autres.

Le prince cependant continuait à m'accabler de cadeaux.

Un jour il m'envoya un objet bien inattendu qui excita chez Châli une admiration passionnée. C'était simplement une boîte de coquillages, une de ces boîtes en carton recouvertes d'une enveloppe de petites coquilles collées simplement sur la pâte. En France, cela aurait valu au plus quarante sous. Mais là-bas, le prix de ce bijou était inestimable. C'était le premier sans doute qui fût entré dans le royaume.

Je le posai sur un meuble et je le laissai là, souriant de l'importance donnée à ce vilain bibelot de bazar.

Mais Châli ne se lassait pas de le considérer, de l'admirer, pleine de respect et d'extase. Elle me demandait de temps en temps : « Tu permets que je le touche ? » Et quand je l'y avais autorisée, elle soulevait le couvercle, le refermait avec de grandes précautions, elle caressait de ses doigts fins, très doucement, la toison de petits coquillages, et elle semblait éprouver, par ce contact, une jouissance délicieuse qui lui pénétrait jusqu'au cœur.

Cependant j'avais terminé mes travaux et il me fallait m'en retourner. Je fus longtemps à m'y décider, retenu maintenant par ma tendresse pour ma petite amie. Enfin, je dus en prendre mon parti.

Le prince, désolé, organisa de nouvelles chasses, de nouveaux combats de lutteurs ; mais, après quinze jours de ces plaisirs, je déclarai que je ne pouvais demeurer davantage, et il me laissa ma liberté.

Les adieux de Châli furent déchirants. Elle pleurait, couchée sur moi, la tête dans ma poitrine, toute secouée par le chagrin. Je ne savais que faire pour la consoler, mes baisers ne servant à rien.

Tout à coup j'eus une idée, et, me levant, j'allai chercher la boîte aux coquillages que je lui mis dans les mains. « C'est pour toi. Elle t'appartient. »

Alors, je la vis d'abord sourire. Tout son visage s'éclairait d'une joie intérieure, de cette joie profonde des rêves impossibles réalisés tout à coup.

Et elle m'embrassa avec furie.

N'importe, elle pleura bien fort tout de même au moment du dernier adieu.

Je distribuai des baisers de père et des gâteaux à tout le reste de mes femmes, et je partis.

II

Deux ans s'écoulèrent, puis les hasards du service en mer me ramenèrent à Bombay. Par suite de circonstances imprévues on m'y laissa pour une nouvelle mission à laquelle me désignait ma connaissance du pays et de la langue.

Je terminai mes travaux le plus vite possible, et comme j'avais encore trois mois devant moi, je voulus aller faire une petite visite à mon ami, le roi de Ganhara, et à ma chère petite femme Châli que j'allais trouver bien changée sans doute.

Le Rajah Maddan me reçut avec des démonstrations de joie frénétiques. Il fit égorger devant moi trois gladiateurs, et il ne me laissa pas seul une seconde pendant la première journée de mon retour.

Le soir enfin, me trouvant libre, je fis appeler Haribadada, et après beaucoup de questions diverses, pour dérouter sa perspicacité, je lui demandai : « Et sais-tu ce qu'est devenue la petite Châli que le Rajah m'avait donnée ? »

L'homme prit une figure triste, ennuyée, et répondit avec une grande gêne :

« Il vaut mieux ne pas parler d'elle !

— Pourquoi cela ? Elle était une gentille petite femme.

– Elle a mal tourné, seigneur.

– Comment, Châli ? Qu'est-elle devenue ? Où est-elle ?

– Je veux dire qu'elle a mal fini.

– Mal fini ? est-elle morte ?

– Oui, seigneur. Elle avait commis une vilaine action. »

J'étais fort ému, je sentais battre mon cœur, et une angoisse me serrer la poitrine.

Je repris : « Une vilaine action ? Qu'a-t-elle fait ? Que lui est-il arrivé ? »

L'homme de plus en plus embarrassé, murmura : « Il vaut mieux que vous ne le demandiez pas.

– Si, je veux le savoir.

– Elle avait volé.

– Comment, Châli ? Qui a-t-elle volé ?

– Vous, seigneur.

– Moi ? Comment cela ?

– Elle vous a pris, le jour de votre départ, le coffret que le prince vous avait donné. On l'a trouvé entre ses mains !

– Quel coffret ?

– Le coffret de coquillages.

– Mais je le lui avais donné. »

L'Indien leva sur moi des yeux stupéfaits et répondit : « Oui, elle a juré, en effet, par tous les serments sacrés, que vous le lui aviez donné. Mais on n'a pas cru que vous auriez pu offrir à une esclave un cadeau du roi, et le Rajah l'a fait punir.

– Comment, punir ? Qu'est-ce qu'on lui a fait ?

– On l'a attachée dans un sac, seigneur, et on l'a jetée au lac, de cette fenêtre, de la fenêtre de la chambre où nous sommes, où elle avait commis le vol. »

Je me sentis traversé par la plus atroce sensation de douleur que j'aie jamais éprouvée, et je fis signe à Haribadada de se retirer pour qu'il ne me vît pas pleurer.

Et je passai la nuit sur la galerie qui dominait le lac, sur la galerie où j'avais tenu tant de fois la pauvre enfant sur mes genoux.

Et je pensais que le squelette de son joli petit corps décomposé était là, sous moi, dans un sac de toile noué par une corde, au fond de cette eau noire que nous regardions ensemble autrefois.

Je repartis le lendemain malgré les prières et le chagrin véhément du Rajah.

Et je crois maintenant que je n'ai jamais aimé d'autre femme que Châli.

Table

Composition réalisée par COMPOFAC - PARIS

─────────────────────────────

IMPRIMÉ EN FRANCE PAR BRODARD ET TAUPIN
Usine de La Flèche (Sarthe).
LIBRAIRIE GÉNÉRALE FRANÇAISE - 6, rue Pierre-Sarrazin - 75006 Paris.

ISBN : 2 - 253 - 06009 - 7　　　　　　✛ 30/2636/6